おもしろい話、集めました。Ⓖ

深海ゆずは
あさばみゆき
遠藤まり
月ゆき

角川つばさ文庫

目次

こちら
パーティー編集部っ！
王子にナイショで会報作り!?
深海ゆずは
絵／榎木りか
Party

登場人物紹介

PARTY HENSHUBU

編集長

黒崎旺司 中1

▲ゆののお隣さん。嫌味なくせに女子に大人気の、『黒の王子』様！

白石ゆの 中1

▲勉強も運動も×でムダに元気な中１女子。５年ぶりに故郷に帰る。

青木トウマ 中2

▲学園のアイドル。一見ナルシストで女好き。でも実は…？

銀野しおり 中1

◀初対面でゆのを生け贄と呼んだ、あやしすぎるホラー少女。

赤松円馬 中1

▶学園一の不良。全校生徒どころか全先生の秘密をにぎる!?

ゆののママ

ホラーまんが家の白石ゆかり。

ハルちゃん

ママの担当編集者。これでも♂！

長野やよい 中2

黒の王子様ファンクラブ会長。

宮沢さき 中2

黒の王子様ファンクラブ会員番号３番。

久保田よう 中2

黒の王子様ファンクラブ会員番号13番。

1 恐怖のお呼び出し!!

「──アンタ、どうして、あたしらに呼びだされたか──わかってる?」

白石ゆの。12歳。

今日は授業で先生にさされることも、抜き打ちテストもなくってさ。

笑顔で教室を出たところを、怖ーい顔した先輩がたに、拉致られたところとです。(涙)

ううっ。そういえば、うちの学園のアイドル先輩こと、**青木トウマ**先輩の原稿をとろうと、2年生の教室をウロチョロしてたときも、先輩たちに呼びだされたっけ。

あのときも、あたしの人生終わったかと思ったけれど……。

ここに転校してきてから、上級生にお呼びだしされる回数、多すぎでしょー!(白目)

「す、すみませんーっ。なんで呼びだされたか、わからないので、教えてくださいいぃい」

涙目で、ガバッと頭を下げたあと、おそるおそる目線を上げると……。

3人組はお互いの顔を見あわせてから、フフンと不敵に笑った。

「——いいわ。教えてあげる。あたしたちは——」

3人組は制服の内ポケットから、カードを取りだす。

そして、水戸黄門の印籠のように、バッとあたしの前にかかげてみせた。

「黒の王子様ファンクラブ会長・**長野やよい！**（キリッ）」

「黒の王子様ファンクラブ会員番号3番。**宮沢さき！**（シャキッ）」

「黒の王子様ファンクラブ会員番号13番。**久保田よう!!**（ビシッ）」

「「3人合わせてファンクラブ執行委員。**人呼んで黒の王子様特別親衛隊っ！**（ドヤ顔）」」

ビシッと3人組が戦隊もののヒーローたちみたいに、ポーズを決める。

うおっ、ちょっとカッコイイ！……ってち・が・う

――っ！

黒の王子様ファンクラブってことは……。

あたしの幼なじみでおとなりさんの、黒崎旺司ファンクラブのみなさまか！

そんな方々に、わざわざお呼び出しされちゃうなんて……超ピンチなんじゃない!?

あたしは、これから降りかかるであろう災難の予感に、血の気がひく。

「アンタ、王子様の幼なじみなんだって？」

「おとなりさんって聞いたけど、本当なの？」

「しかも部活は『パーティー』編集部。王子様といっしょなんだよね？」

ひ――っ。やはりそのことですか。そのことで、怒ってらっしゃいますか！

でも、王子と幼なじみなことや、家がとなり同士なのって、あたしのせいじゃないよー！

あ。編集部になかば強引にひきずりこんだ気は……カナリするけど……。（冷汗）

ズリっ。

「ひっ」

眉間にしわをよせた先輩たちが、ジリジリとニジリ寄ってくるから、あたしは小さく悲鳴をあげる。

いちばんマッチョな先輩が、うでまくりをし、うでを弓のようにふりあげるのが、スローモーションで見えた。

うぎゃーっ！　問答無用でなぐられちゃうんですかっ!?

3人組から感じたすごい殺気に、あたしは頭を両手でガードし、目をとじた。

3秒、4秒、5秒。

あ……あれ？　痛くない？

そうっと片目を開け、おそるおそる先輩たちを盗み見ると――。

「**?×$◇×!?**」

想像のななめ上をいく光景に、あたしは大パニック！

だって、先輩たちってば――全員、土下座してるんだもん！

「ぎょえええええっ。先輩がた、やめてくださいませーっ」

土下座することにはなれてるけど、されるのなんて、はじめてですから！

悲鳴のようなあたしの言葉に、先輩たちは姿勢をくずさず頭を左右にふる。

「いやっ、アンタが私たちのたのみに『ウン』と言うまで、やめない！」

ひーっ。先輩っ、それって新手の脅迫ですから!!

「あたし勉強も運動も×だし、人様に頭を下げられるような特技なんて、ないですよ……」

「「「王子様の幼なじみのくせに、アンタがダメダメなことなんて学園中みんな知ってるわ！」」」


グサっ。

オエーン。そんなに声をそろえて、断言しなくてもいいじゃないですかーっ！

土下座をしながら、会長の長野先輩が必死な顔で、あたしを見る。

「お願い！　黒の王子様ファンクラブの、第一回会報誌を作って！」

目をパチクリさせるあたしに、のこりの先輩がたも続く。

「いままでは生写真プレゼントとかしてたんだけど、会報を作ってほしいんだ」

「アンタ、学校で『パーティー』って雑誌作ってるだろ。同じような感じで、たのむっ！」

ぎえええええっ。王子ファンクラブの会報を作れですとーっ!?（しかも王子の！）

あ。あたし、先輩たちが言ってたとおり、この三ツ星学園で『パーティー』って雑誌を作ってるの。こう見えても、いちおう、編集部の部長（すなわち編集長）をやってるんだ！

実は『パーティー』は、実際に存在していた雑誌でね。

発行部数が数百万部の大人気雑誌だったんだけど、ある日とつぜん、休刊しちゃった。

理由は、いまでもナゾのまま。

雑誌を作っていたのは、ナント天国にいる**あたしのパパ**と、あこがれの**宝井編集長！**（超絶イケメン！）

雑誌がなくなるって知って。最終号を作っていた編集部に行ったことがあったの。

あたし、宝井編集長に「雑誌をやめないでください」ってお願いした。

そしたら宝井編集長はなんて言ったと思う？

宝井編集長はあたしに向かって、「きみが作ればいい」って言ったんだ。

当時、小学生のあたしにだよ!?

まぁ、そんないきさつがあって、『パーティー』の名前を継いで、雑誌を作りはじめたってわけなんだ。（以上、説明おしまい！　長らくつき合ってくれてありがとう！）

先輩たちは顔を上げ、必死の形相であたしを見た。

「たのむ！」

「このとおり！」

「さあさあ。アンタはうなずけばいいんだって！」

ジリジリ。

先輩、土下座しながら、正座でニジリ寄ってこないでください！

メチャクチャ怖いですーっ！（涙）

「幼なじみのアンタが作れば、絶対におもしろい会報になると思うんだ！」

「いやいや。そんなことを言われても……」

「アンタなら作れる。いや、アンタしか作れないんだ。たのむ！」

なおも食い下がる先輩たちに、両手をバタバタとふる。

「先輩っ、落ち着いて！　たかが王子のことで、土下座なんてしないでください！」

「た・か・が……どぅえすってぇぇぇぇぇっ」

「アンタ！　幼なじみだからって調子に乗ってんじゃねー！」

「ぶんなぐるぞ！」

ぎえーっ。先輩たちの目がピカーンと赤くそまった！（ように見える！）

大気が、大気が怒りに満ちておるよー！

あたしの軽率な発言が、先輩たちの怒りスイッチを押しちゃった！

「やります！　あたしにできることなら、なんでもやります。だから――土下座もぶんなぐるのも、ナシにしてくださーいっ！」

泣きそうになりながら、王子の会報作りを宣言してしまったのであった……。アーメン。

2 ヒミツの会報作りスタート！

「そんなわけで、王子にはナイショで、黒の王子様ファンクラブの会報をあたしたちパーティー編集部で作ることになってしまいました……って、なにこの空気!?」

あたしは、編集部の二人に宣言したんだけど、二人とも笑いすぎじゃない!?

一人目は占いと呪いが得意な貞子（じゃなくてミステリアス美少女）**銀野しおりちゃん**。

もう一人が学園一の不良で学園全員の情報をにぎる（これは訂正ナシ！）の**赤松円馬**。

「けけけ。黒崎のヒミツを暴露しまくるって事だろ。すげー、楽しそうじゃねぇか」

「黒崎くんが気の毒ですが、個人的に楽しみではあります」

ぎゃーっ！　エンマさん、あいかわらず凶悪な笑みですね！

そして、しおりちゃんも、実はノリノリ!?

「じゃあ――王子にナイショで会報を作るってことで――」

「**異議あり！**」

バーン！

ドアが開く音と、とつぜんの鋭い声に、あたしたちは声が聞こえる方に顔を向ける。

部室のドアの前では、うでぐみして激怒する、２年の青木トウマ先輩の姿があった。

トウマ先輩は、止めるひまもなく、部室に乱入してくる。

「1年生のくせにファンクラブがあるってだけでムカつくのに、会報だって？　百万年、いや。一億光年早い、早いよっ！」

一億光年って――どんだけですか！

トウマ先輩は、うちの編集部のメンバーじゃないんだけど。

『パーティー』の看板マンガ家さん。少女マンガを描いてて、超人気なんだよ。

ふだんは『**青の王子様**』って呼ばれている、学園のアイドルなんだ。（チャライけど！）

「もー！　トウマ先輩が出てくるとややこしくなっちゃいます！　今回は充電期間ってことで、お休みしてくださいっ！」

「この僕がお休み!?　ゆのちゃん、気は確かかい？　この日本の――いや、世界の宝であるこの僕を追いだそうだなんて！」

両肩に手をおかれブンブンとゆさぶられ頭がクラクラする。

いやいや。むしろ正常だからこその判断です！

「さ、先輩は自分のファンクラブの小鳥ちゃんたちと、ウフフアハハしててください！」

先輩の背中をグイグイ押すと、部室から先輩をしめだした。

トウマ先輩が、扉の向こうでギャーギャー言ってるけれど。

いまは、トウマ先輩にまでかまってられないので、心の中で頭を下げた。

「……いちごパンツ。青木先輩のあしらい、うまくなったよな」

「見事でした」

そうかな？　それって、担当らしくなってきたってこと？（照）

それより、エンマ！　いちごパンツって呼ばないでよー!!（くわしくは一巻参照）

「ところでファンクラブの会報って……どんなもんなの？」

「オイオイ、いちごパンツ。なんにも知らずに、ひきうけてきたのかよ」

エンマがあきれた声を出し、机に腰をかける。

「それこそ青木先輩に聞くのがいちばんかと思いますが……」

そっか。トウマ先輩のファンクラブがあるんだもんね。（しかもこっちは、自分でファンクラブの運営もしているし！）

おっとりとつぶやくしおりちゃんに、あたしは大きくかぶりをふる。

「いやいやっ。トウマ先輩に聞いても絶対に教えてくれないって！　妨害される！　いじわるされる！　抹殺されるー！」

トウマ先輩から受けた理不尽な行為の数々を思いだし、カタカタとふるえだす。

「いちごパンツの怖がりよう……。いったいなにをされたんだ」

「**ゆのさん。私、いつでも呪う準備ができてますから。気軽にお声がけくださいね**」

しおりちゃんがバッグから、呪いに使うブードゥー人形を取りだすと、ニタリと笑う。

「ギャー！　しおりちゃん、いつのまに！」

あたしは絶叫してから、あわててしおりちゃんにかけよる。

「トウマ先輩を呪っちゃダメ！　しおりちゃんがトウマ先輩のファンに怒られちゃうし、原稿も上がらなくなっちゃうから！」

しおりちゃんは、「そうですか」と、ざんねんそうにブードゥー人形をしまった。

「いまスマホで調べてみたんだけど。ファンクラブの会報ってのは、アーティストの活動内容、写真、ライブレポートなど、**そこでしか手に入らないレア情報**が載ってるらしいぜ」

エンマがスマホの画面を向けるので、しおりちゃんといっしょにのぞきこむ。

「ほかにはコンサートチケットが、優先的に取れるそうです」

しおりちゃんは、チケット情報の部分を、指さした。

「うーん。トウマ先輩ならいざ知らず、王子は絶対コンサートとかやらなそうだなぁ」

「では。ライブレポートもナシですね」

しおりちゃんの言葉に、あたしはうなずく。

キラキラ光りかがやく照明のなか、黄色い声援を背負って、歌って踊りまくる王子。

ドキドキ。怖いもの見たさで、ちょっと気になるカモ。

でも、提案したとたん、ゲンコツくらうコースなのは、あたしにだってわかるからなぁ。

「じゃあ。お宝写真やレア情報を載せて、いつもの雑誌みたいに作るのはどう？」

あたしの問いかけに二人ともうなずいた。

「それがいちばんいいんじゃねーか？　レア情報がキライなファンなんて、いねーだろうし」

エンマの言葉に、しおりちゃんは考えこむように、指を唇にあてる。

「レア情報……どんなものが良いのでしょうか」

しおりちゃんの言葉に、エンマもスマホをいじりながら、答える。

「こーゆーやつだろ」

ピッピと画面をスクロールすると、王子の写真が出てきたではありませんか！

「ぎゃー！　ナニコレ、合宿のときの写真？　いつのまに!?」

エンマのスマホに映しだされてたのは、先日みんなで合宿に行ったときの写真！

王子がメガネをかけてるところとか（あ、王子、ふだんはコンタクトなんだ）、部屋での着替えシーンや浴衣の画像とかでさ。

クールな王子様と言われてる王子の、レアショットがいっぱいだーっ。

「けけけ。ふだん見られない写真を公開しまくればいいんだろ。楽勝だぜ」

たしかに、ファンクラブの会員たちは、すっごく喜ぶと思う。思うけどっ！

「あのー……エンマさん。この写真って王子以外のも、あったりするんでしょーか？」

おそるおそる聞くと、エンマはキョトンとしてから、ためすような目で、あたしを見る。

「も、もしかして、全生徒だけでなく、先生の分……も？」

あたしの言葉に、エンマは肯定するかのように、凶悪に「けけけ」と笑った。

ひっ。予感的中！

エンマさん、やっぱりあなた、学園一キケンな存在だわっ！

「せっかくなので、ゆのさんのはずかしい写真も見てみたいのですが」

「ひゃー！　しおりちゃん、さらっと変なことをエンマにお願いしないでえぇっ」

「大丈夫です。どんなゆのさんでも、私は愛せる自信がありますから」

愛せるって……そんな真剣な顔で言われても……。

しおりちゃん、どこまでがジョーダンなの!?

「いちごパンツかー」

エンマはため息をつきながら、スマホ画面をポチポチさわる。

「ちょっとエンマさん！　なんですか、そのイヤそうな声は！」

「だって。オマエのって……意外性がなくって、すげー、つまんねーんだもん」

そう言って、エンマはスマホをあたしとしおりちゃんに向けた。

「ぎゃ――っ！　なにコレっ。いつのまに!?」

スマホの液晶画面に映しだされているのは――。

授業中よだれをたらしていねむりしている、あたしじゃないですかーっ！

しかもこのときにやってきた睡魔がキョーレツでさ！

目を開けようとがんばったんだけど、睡魔に負けちゃって……。

ハッと気づいたら、雪村先生がニッコリ笑って「そんなに眠いなら、立ってなさい」って言ったんだっけ。

「たしかに意外性はないですね」

ううっ。しおりちゃんまで、ざんねんそうな顔をしないでください！（涙）

「じゃ、じゃあ。しおりちゃんの写真！　そっちを見たい！」

「私の写真……なにが写っているんでしょうか」

しおりちゃんとは友だちだから、いろいろ知ってるつもりだけど。

友だちとして、どんな画像が出てくるか、正直興味はある。

「あー……銀野か」

エンマはスマホを見ながら、ゲッソリとした顔をする。

「なになに☆――ひっ」

画面に映しだされているのは、大量の人形とニタリと笑うしおりちゃん。

「し……しおりちゃん。このお人形さんは？」

画面を指さし、オソルオソル聞くと、しおりちゃんはウットリほおをそめる。

「ブードゥー人形。呪いに使う、私の大切なお友だちです」

の……呪いに使う人形が、こんなに!?（涙目）

しかも、この人形たち。なんとなく、どれも知ってる人に似てる気がするんですけど……。

ゾワリ。

――さすが、しおり様のご友人。――気づかれましたね。

スマホ画面の人形が、そう語りかけてきた気がして、背筋に悪寒が走ってさ。

「ぎゃー！　なにも気づいてませんんんっ！」

あたしは急いでスマホをエンマに押しかえした。

「ゆのさん。どうされました？」

ううう っ。さっきのは、きっと気のせい！　気のせいだよね！　そうに決めた！

「いちごパンツは、黒崎の幼なじみなんだろ。探せば写真とか持ってんじゃねーの？」

「小さいときの写真とか。ファンクラブの方々は見たいのではないでしょうか？」

たしかに！　王子が子どものころの写真なら、うちにもありそう！

「それじゃあ」

コホンと咳払いをしてから、あたしは大きくこぶしをふりあげる。

「これよりパーティー編集部のヒミツミッション、王子にナイショで会報作り、スタートします！」

「「おー！」」

そんなこんなで、今回はファンクラブの会報作り。いっちょやりますかーっ！

3 王子にバレる⁉

「ただいまー！」

ババババッとクツをぬいでいると、黒猫の**クロミツ**が「ニャーニャー」とかけよってくる。

「おおおっ。クロミツ様がお出迎えしてくれるなんて！　なんかいいことありそう！」

ノドをなでると、クロミツがうれしそうにグルグルとのどをならす。

「ママー！　いる？」

「おー。おかえり」

「ゆのちゃん、おかえりなさい。おいしいクッキーがあるのよー。早くいらっしゃい」

リビングに行くと、**ハルちゃん**と**ママ**がお茶をしている。

「ぎゃっ。クッキーがのこり少ない！　チョコ味はとっといてーっ！（涙）」

「弱肉強食！　いただきっ」

ママはそう言うやいなや、チョコクッキーを素早くとる。

鬼っ！　かよわい娘の願いをふみにじろうとするとは、なんて心のない鬼母なのっ！

あ。紹介するね。

うちのママはホラーマンガ家。一部の大人に大人気みたい。（あたしにはわからないけど）

ママのとなりにいるキレイなロングヘアの人が、ハルちゃん。

ママの担当さんなんだけど、超キレイなのに、れっきとした男の人なんだよ！

「……ジョーダンだって。ほら。それよりアルバムが見たいなんて。急にどうした？」

ママにチョコクッキーを口に放りこまれ、あたしはモゴモゴしながら「実は……」と、王子ファンクラブの会報を作る話をした。

気のせいか？　ママの目が、ランランとかがやきだした気がするんですけど……。

「そーゆーことならママに任せなさいっ♪」

「あれ？　ママ、この時期はいそがしいんじゃ――」

「こーゆー楽しい話は別腹、別腹！」

バーンと自分の胸をたたくと、いつものママ（ナマケモノ）とは思えないくらい、俊敏な動きでたんすに向かう。

ママ。めっちゃノリノリじゃない？（しかも悪い顔してる！）

「いやああっ！　先生！　原稿あがるまでは、別腹とかやめてください――――っ！」

ハルちゃんが、青ざめた顔で、悲鳴をあげる。

「ホラホラ、あった。これなんかどう？」

ママはとくいげにアルバムを広げ、1枚を指さす。

「どれどれ――ぎゃはははははっ！」

「先生、イキナリこれいっちゃいます!?　いや、たしかに王道ですけどっ」

あたしとハルちゃんは、ブッと吹きだし、笑い転げる。

だって、ママが指さした写真の王子は5歳くらい。

もう大きいのにオネショした写真の横で、ベソかいてるんだもんっ！

「これは、はずかしい！　ママ！　すごくいい写真だよ！」

「やだ。ゆのちゃん、本気でコレ載せる気？　王子くんが、かわいそうよー」

そう言いながらも、ハルちゃんだって大爆笑しながら、アルバムから写真をぬいて、使いやすいように分けてるじゃん！

ここにいる大人、『おもしろい』に魂を売ってる方々だからなぁ。

「ふはははは。そんなの序の口。メイン写真はこれだ！」

ママがバッとアルバムから、写真をぬきとると、テーブルにカードのように投げる。

「どれどれ――ぎゃはははははっ。なつかしー！　げほ、げほっ」

「やだっ。先生。あはははは……おなか、おなか痛いっ！」

あたしは笑いすぎてせきこみ、ハルちゃんはお腹をかかえて、転げまわってる。

ママが持ちだした写真に写しだされているのは、４歳くらいの王子とあたし。

二人でおそろいの服を着たんだっけ。

しかも、フリフリレースのワンピース。

王子の方がにあってて、あたしはひそかにくやしかったんだよねえ。

だけど、いま見ると、いい写真！　これは今回いちばんの笑いがとれるわい！

「アンタの部屋に、小学校のときのアルバムならあるんじゃない？　探してみな」

そうだ！　遠足に行ったときのとかありそう！

「さすがママ！　ちょっと探してくる！」

「ニャーニャー！」

クロミツまでがめずらしくついてきて、いっしょに部屋に移動した。

「たしかアルバムは、いちばん下の思い出ゾーンにまとめてあったような——」

本やマンガのタワーがつらなる汚部屋……じゃなかった、あたしの部屋に移動すると、ポイポイとクローゼットの中の物を床に投げちらかす。

「うーん。部屋が汚すぎて発掘が困難だわ——あれ？」

小学校時代に友だちとまわしていた、小さく折りたたんだ手紙が入った箱の中から、1枚の写真がハラリと落ちる。

「これは——」

小さいときのあたしと王子。それにもう一人、だれだろう。

顔が逆光で見えない。なくさないように、あたしは写真をアルバムにはさみ直した。

「こうなったら、いまある写真だけで記事を作るか。あ。待てよ。王子の家に行けば、卒業文集があるはず！」

卒業文集には、『将来の夢』とか作文とかあって、公開したら大反響にちがいない！

ゴロンとベッドに転がると、さきほどママが発掘した写真をあらためて見る。

「文集はなんとかするとして。クロミツも見てよ。超おっかしーよねぇ」

「——**なにがおかしいって？**」

「おぎゃっ！　王子!?」

部屋のドアによりかかっていた王子を見つけ、ネコみたいにとびあがる。

「ちょっと！　乙女の部屋を勝手に開けるなんて、失礼でしょ！」

「ぬゎにが、乙女の部屋だ！　汚部屋だろう。いや、樹海か？　ここに迷いこんだら最後、すべての物が消えるんだろ。それに、ドアを全開にしてたのは、おまえだろうが！」

ぎゃー！　汚部屋どころか樹海って言われた！

た、たしかに物がなくなる部屋なので、王子の言い分は正しい。

……って！　あわわっ。素直に感心している場合じゃなーいっ！

「とにかく！　出ていって！」

あたしは急いで写真をあつめると、おしりの下に急いでかくす。

「いま、なにか、かくしただろ」

ドッキーン。

心臓が口から飛びでそうなほど驚き、あたしはアワアワととりみだす。

「か、かかかか、かくしてないっ！　なにもかくしてないですばい！」

「――あやしい」

王子が問答無用で、部屋に押し入ってくるので、あたしは仰天する。

「ぎゃー！　部屋に入ってこないでえええっ」

「いてっ。なんでこんなところに貝殻が落ちてるんだ！」

王子が、床に放置してあった貝殻をふんづけたのか、悲鳴をあげる。

「うえーん。それは遠足のときに行ってキレイだからもらってきたヤツですー（涙）」

「どあほ！　ごみをひろってくるな！　ごみを！」

「ニャア、ニャア（そうだ、そうだ！）」

こら、クロミツ！　どっちの味方なの！（怒）

「ごみじゃないもん！　マイ・メモリー！　大事な思い出の品なのっ！」

「それなら、床にまきちらさないで、しまっとけ！」

「砂浜。ここは砂浜って設定なんだよ！」

あたしのヘリクツに、王子が冷酷な視線で部屋中をグルリと見回す。

「砂浜だ？　ペットボトルにゴミだらけで、どんだけ汚い砂浜なんだ！」

「ぎゃー！　白石ビーチですー　きちゃないけど、ケッコーくつろげるんですっ」

ヘラリと笑うと、王子がひろった貝殻をにぎりしめ、ワナワナふるえだす。

「俺が悪かった。性根をたたき直してやる――っと、そのまえに、さっきかくした物を出せ」

ぎええええええっ。王子さん、それはご勘弁を！

あんな写真を、ご本人サマに見せたら――。

あたし、マジでTHE END？（しかもコンティニューなし！）

どつかれまくる未来を想像し、あたしは写真を守るため、亀のように体をまるめた。

「ダメ！　絶対にだめえええっ！」

「あばれないで、とっとと出せ」

「おぎゃっ！　どこさわってるの！」

王子が力ずくで、写真をうばおうとするから、悲鳴をあげる。

「さわるとこなんてないだろ！　変な言いがかりつけるな」

グルン。

あっという間に、まるまった体を表向きにかえされる。

ううっ。だってむかしは王子のほうがちっこくて、あたし無敗だったのに。

「本気で勝てると思ってたのか？」

あきれたような声を出す王子にカチンときて、足のすねにケリをおみまいする。

「!?」

「ガードがおろそかだったよ。黒崎くん」

あたし、少女マンガだけじゃなく、少年マンガも読んでるからさ。

バトルの知識だって、けっこうあるんだから！

王子は顔をゆがめると、ギロリとこちらをにらんだ。

「――そっちがその気なら、手かげんしない」

馬乗りになると、あっという間にあばれるあたしのうでをまとめあげる。

「ほら、負け」

「ううううっ。まだまだああっ！」

ジタバタとあばれるが、王子の力が強くてビクともしない。

「負けました、って言ったらゆるしてやるけど」

急に王子の体温を感じて、あたしは思わず赤くなる。

そういえば、あたしたち、子どもじゃないし。

この体勢って――ちょっとどころでなく、かなりヤバいんでない!?

「――**いまごろ気づいた？**」

王子が顔を近づけてきて、耳元にそっとささやくから、ゾクリとする。

「ど、どいて！」

「どうしようかな」

わっ。出ました！　王子のイジワルスマイル。

「あやまるから。もうどいてくださいーっ」

絶対君主のようにこちらを見下ろすと、口のはしをあげる。

「そのまえに。かくした物、出せ」

写真は背中の下。絶対に、わたせない！

大きく首を左右にふると、王子はため息をつく。

「――しかたないな」

左手であたしの両手を押さえたまま、背中の下に手をまわす。

「うぎゃあああああああああっ。エッチ！」

「エッチじゃないだろ！　とっとと出せ」

王子の手が、背中の写真をさぐりあてる。

「だ……ダメ」

「……そーゆー声出さないでくれる」

ドキン。

王子の切なげな目に、あたしの心臓が変になる。

「だから、そーゆー顔もするなって」

「だ、だってはずかしくって」

「はずかしいのは、こっちよぅ。二人ともなにしてるの、か・し・ら♪」

とつぜんドアの前から声が聞こえ、そちらを見ると――ハルちゃん！

ハルちゃん、ナイスタイミングだけど、この状況って、絶対ゴカイされるよね？

しかもハルちゃん、料理中だったのか、めっちゃ大きい中華包丁を持ってるYO！

「王子くぅーん。命が惜しければ、２秒以内にはなれてちょうだい☆」

ハルちゃんの言葉を聞くまでもなく、バッとはなれる。

「ハルちゃん、ちがうの、いまのって、そーゆー変なのじゃないんですっ！」

「ゆのが背中になにかかくしてて！　それを取り上げようとしてただけだから！」

「言い訳しな――いっ！　さっさとリビングに来なさい！」

クワッとハルちゃんが阿吽像のような顔（超怖い顔！）になり、一喝する。

ひーっ。ふだんは優しい女性っぽくても、さすがは男の方！

野太い声で怒鳴られ、脱兎のごとくリビングへ向かうのだった。

とにかくピンチは脱出！　王子の写真は死守できて、助かったー。

「そんなわけで、なんとか写真は死守できたよ――って聞いてる？」

翌日。

おんぼろ部室に集まるしおりちゃんとエンマに、昨日のことを話してたんだけど。

「ぎゃはははははっ。はら、はら痛てぇ。いちごパンツ、オレサマを殺す気かっ！」

エンマは写真を何度も見て笑い転げているし、しおりちゃんまでも、

「この写真の破壊力――はかりしれません」

とみょうに感心してさ。二人とも写真に夢中でぜんぜん聞いてないし！

「この前の話をふまえて一度、台割を作ってみたんだけど、見てもらえる？」

そう言うと、台割を見せる。

あ、『**台割**』っていうのは、雑誌を作る編集者さんの専門用語でね。

どのページになにを入れるのかを書いた表のこと。

いわば、雑誌の設計図みたいなものなんだ。

あたしたち編集者は、その表を見ながら、雑誌を作っていくんだよ。

「今回の台割は、なんかサクサク作れたんだよね！」

ぜんぶが王子の暴露記事のせいだから？

これなら、王子のファンじゃなくとも、一見の価値ありでしょ！

「けけけ。いいじゃねーか。オレサマはこーゆー雑誌が作りたかったぜ」

エンマはそう言うと、台割をしおりちゃんにまわす。

受けとった台割を一読したあと、しおりちゃんも、

「私もこの台割でよいと思います」

と大きくうなずく。

「やったー！　じゃあこれで進めよう！」

あたしが手にした台割を持ってガッツポーズをとると、ヒョイと手から台割がぬかれる。

おそるおそるふりかえると――。

「王子！」

「ゆの。俺にかくれてコソコソしてるなと思ったら――これか」

ぎゃおーっ、部屋の温度がぐんぐん冷えてきてるんですけどっ。

寒いっ。寒くて凍死しちゃうよ！

「へー。『**はだかの黒王子特集**』か。さすが、編集長。すごいタイトルだなぁ」

お、王子さん。笑ってる。

台割をながめながら、笑っておる……。

氷のようなこの笑みは——鬼じゃ。これは、修羅の笑みじゃ——っ！

「えへ☆　見つかっちゃった。怒らないでNE♪」

事態を深刻化させないためにも、テヘっとベロを出しておどけてみたけど……。

王子の堪忍袋が、ブチンと音をたてて切れたような気がした。

「**ふっ……ふっざけるなあああっ！**」

ギャー！　特大のカミナリが落ちて、あたしは首をすくめる。

「だだって、ファンクラブの先輩たちが、会報を作ってほしいって言うから。あわわ」

「——テーブルにある、ソレはなんだ」

NOーっ！　マル秘写真や資料を手にした王子が、怒りでブルブルふるえている。

「黒崎。オレの写真はおまえの寝顔と風呂場の着がえだけだぞ！」

「私のは、黒崎くんの好きなタイプをわかりやすく世間様に伝えようと――」

エンマとしおりちゃんの言葉に、ギロリと殺意に満ちたまなざしで、二人を見る。

「こっちは、おまえらかあああああああっ」

ひーっ。王子ってば、もはや制御不能の魔獣！

もはや、人間の手で、この怒りを鎮めるのは不可能？

そう思いながらも、怒り狂う王子を、あたしも必死に説得する。

「王子さん、おちついて。ファンの子は絶対に喜ぶよ？……って、ぎええっ。痛いいぃ！」

王子にホッペをギュウギュウとひっぱられ、あたしは悲鳴をあげる。

「ぬぁにがファンの子だ。おまえら、この写真見て思いきり笑ってただろ！」

王子は、絶叫した。

「ぜんぶ没収！　ファンクラブの会報作りも『できませんでした』って、あやまっとけ！」

王子は写真をグシャグシャにまるめ、ポケットにつっこむと、部室をあとにした。

「破壊のかぎりを尽くし、魔獣が——森に帰っていきおったわ」

「魔獣って……ゆのさん。的確な表現ですが、ぜんぜん反省してませんね。でも、それでこそ、私の使い魔です（ポッ）」

えぇっ。しおりちゃん、なんでそこでほおをそめるの!?

「くそー。時間がないのに！　こうなったら、もっとはずかしい物を探してやる！」

あたしが燃えていると、エンマが両手をうしろにくみながら、つぶやく。

「まー。たしかに、こんな写真が世に出たら、オレならはずかしくて学校行けねーわな」

え？　そ、そうかな。

あたしはビックリして、エンマに向き直る。

「で……でもファンの子は喜ぶんでしょ？　それが会報なんだよね？」

「ファンは喜ぶけど、黒崎からしたらメーワクかもって話。ま、オレは、おもしれーけど」

ヒラヒラと手をふって、そう言ったエンマの言葉が、なぜか心につきささった。

ぬけないトゲのように——。

「ただいまー」

部室を片づけてから、家に帰るけど、だれからも返事がない。

ハルちゃんとママだけでなく、クロミツまでもお出かけ中かな？

カバンを部屋に置こうとリビングの前を通ると——あ、王子だ。

めずらしい。ソファーで眠っちゃってるんだ。

くふふ。まずは寝顔ショットをいただきですな！

スマホだけ手にとり、音がしないようにカバンを床に置き、そっと王子の側へ向かった。

スヤスヤと気持ちよさそうに寝ている王子をしげしげとみつめる。

無防備な王子をじっと見る機会がないからさ。思わず観察しちゃうよ。

高い鼻や、長いまつげ。薄い唇に、陶器のようにすべらかな肌。

「うーん。やっぱり美形ではあるな。ムカつくけど」

こっちはギリギリ平均点（以下!?）なのに、自分ばっかりイケメンに成長してずるい。

「はっ。そんなことより、写真写真」

スマホをカメラモードにして、王子に向けると、

『こんな写真が世に出たら、オレならはずかしくて学校行けねーわな』

エンマの言葉が、頭をよぎる。

たしかに。いままでは、『ファンクラブのみんなが喜ぶため』と思っていたけれど。

あたしだって自分の不本意な写真が勝手に世に出たら。

はずかしくって、いたたまれない。


「正義の反対は、また別の正義」


あたしは言葉の標本に採集していたひとつを、思いだす。

あ、『**言葉の標本**』っていうのは、あたしの趣味でね。

本の中や、テレビとか。だれかに言われた言葉とかで、ステキだなーって思った言葉を、ノートに書き留めているんだ。

そのなかにあった言葉なんだけど。

「正義」の反対は「悪」じゃないんだーって、ビックリしたのをおぼえてる。

もしかして今回の会報作りも、そーゆーことなのかも。

ファンクラブの会員に喜ばれる雑誌を作ること＝王子がうれしいことじゃないもんね。

もしかしたら……。

ふだんの生活のなかで、自分では「正義」だとか「相手のため」だと思ってした親切がさ。

友だち側から見たら、ぜんぜんちがってて。

あたしの「正義」で、だれかを傷つけてしまうことが、あるのかもしれない。

――気づいてよかった。あたし、とってもヒドイことを、王子にするところだった。

かまえていたスマホをゆっくり下ろすと、ポケットにしまう。

「王子、いろいろごめんね。もう、寝顔写真は撮らないよ。感謝しなさいね」

眠っている王子にそう言いながら、指でほおをつつくと、王子は眉間にしわをよせる。

あれ？

「だれかににてる……気がする」

だれだっけ。あたしにとって、すごく大切な人。

うーん。もうちょっとで思いだせそうなんだけどなぁ。

角度を変えてみればわかるかな？

ソファーのひじかけに手をかけ、顔を近づけてさらにのぞきこむと――。

パチリ。

「ぎゃあああああ！」

イキナリ王子が目を開けて、あたしは悲鳴をあげる。

「人の寝こみ襲った人間が、叫ぶなよ」

「襲ってない！　断じて、襲ってない！」

王子の言葉に真っ赤になって、首を左右にふりながら絶叫する。

急いではなれようとすると、王子の両うでがあたしの背中にまわり、グイッとひきよせられる。

「――**そっちにその気がないなら、こっちが襲うけど**」

王子の言葉と甘い吐息が耳もとをくすぐるから、

「おぎゃあああああっ！」

とあたしは絶叫する。

「うるさい！　ただでさえ、声が大きいんだから、鼓膜が破れるわ！」

「だだだだ、だって！　叫びますよね？　叫んでいいところですよねっ！」

この状況で叫ばない人がいたら、むしろお目にかかりたいわ！

「仕返し」

「え？」

「――いままでの。いまの仕返しで、会報作りの件はチャラにしてやる」

おそるおそる見ると、王子は、いつもどおりのイジワルな顔をして笑っていた。

王子。あんなに怒ってたのに、ゆるしてくれるの？

「無理やり着せられた女装写真まで持ちだしやがって。赤松や銀野さん、笑いすぎだろ」

王子がゆっくりと手をあげるから、あたしはゲンコツを覚悟で目を閉じた。

ポンポン。

「あれ？」

ゲンコツのかわりに、王子が優しく頭をなでるので、あたしはおそるおそる目を開ける。

「寝顔写真。とらないでくれて、ありがとな」

「――王子。ごめん。ごめんね」

王子の優しい言葉に、ポロリと涙がほおをつたう。

「なんでおまえが泣くんだよ」

「泣いてないっ。汗、汗だから！」

あんなに怒っていたのに、ゆるしてくれた王子の優しさが胸にしみる。

明日になったら、先輩たちにあやまろう。王子の会報は作れませんって。

あたしは、そう決意するのだった。

「スミマセン。白石です」

翌日の放課後。

3人組が中庭にいると聞き、あたしは中庭に向かった。

執行委員の先輩たちは、あたしを見るとキラキラと目をかがやかせる。

「もしかして、もう会報ができた？」

「あたし、あれから毎日楽しみで。ぜんぜん眠れなかったんだから！」

長野先輩が、クマのできた目をあたしに見せてくる。

ううっ。こんなに楽しみにしてくれてて、非常に言いづらいけれど。

こーゆーことは、イッキにあやまるしかない！

「すみません！　やっぱり、王子の会報は作れません！」

そう言っていきおいよく頭を下げると、3人組は呆然としたようにあたしを見た。

「──なんで？」

「先輩に土下座までさせといて、できませんだなんて。まかり通ると思ってんの!?」

「アンタ、アタシらなめてんじゃない？」

ぎゃー！　先輩、自分から土下座してたじゃないですか！

たのむから、記憶をねつ造しないでくだされーっ。

「本当にすみません。王子に見つかって……すごく怒られちゃって」

両手でこめかみをおさえながら、悲鳴のような声で先輩たちに言うと、

「――王子様がダメって言ったの？」

長野先輩がこおりのように冷たい声で、あたしに問う。

コクリとうなずくと、３人組はシュンとうなだれる。

「――やっぱり、王子様にとって、あたしたちファンの存在はめいわくだよね」

「わかってたけど……」

「どうしよう。王子様に嫌われちゃった」

一人がクスンとはなをすすると、全員がオイオイと泣きだす。

「せ、先輩がたっ。泣かないでください！」

子どもみたいにしゃくりあげる先輩を見て、いま、ようやくわかった気がした。

先輩たち、本当に王子のことが好きで、大切に想ってるんだ。

「本当は、会報もダメだろうなって思ってたんだ」

「でもアンタたちの作ってる『パーティー』読んでさ。こんな風に会報ができたら、絶対に宝物

にするのになって思ったんだ」

「あたしも、あたしも！」

先輩たち、そんなに楽しみにしていてくれたなんて。

「スミマセン。喜んでもらえるような暴露記事まんさいにしようと思ってたんですけど」

あたしの言葉に、長野先輩は、クワッと顔を上げる。

「暴露記事!? そんな、王子様にめいわくがかかるような記事やめてっ！」

ええええっ。そうなの!?

「だだだ、だってファンはレア情報とか知りたいのかなって思って」

先輩たちは「そりゃ、知りたいけど……」と言いつつ、キリッとした目であたしを見る。

「王子様にめいわくをかけるファンなんて、本当のファンじゃない」

「本当のファンは、王子様にいつも笑顔でいてほしいし、その応えんがしたいの」

「好きでいられるだけで。それだけで、すごく幸せなの」

うおーっ。先輩がたのファン魂、カッコイイ！

でもファンの気持ち、ちょっとだけわかる……カモ。

「あこがれの人の言葉が自分の支えになったり、その人のためになにかしたいって気持ちもファン心でしょうか？」

あたしの言葉に３人組はほおを赤くし、大きくうなずく。

「そうそう！　それだよ！」

「アンタにも、そんな風に好きな人がいるんだ！」

「あたしたちにはそれが、黒の王子様なんだ。王子様って、クールだけど実はすっごく優しいでしょ。あたし、見た目がこんなんでしょ。男女とか言われるのに」

久保田先輩が大きな荷物をかかえてこまっていたとき、王子はすっと荷物を持って職員室へ行ったんだって。

「だれも助けてくれなかったのに。あー。これが、ホンモノの王子様だって思った」

「わかるわかるっ！　口かずが少ないけど、ハッキリ言うことは言うし」

先輩たちが次々とエピソードを披露してくれたんだけど。

幼なじみのあたしでも知らない情報がいっぱい！

先輩たちは、本当に王子が好きなんだなって思ったんだ。

『正義の反対は、また別の正義』

ああ、わかったつもりでいたのに、あたしって本当にバカだ。

今度は先輩たちの気持ちを、ないがしろにしちゃうところだった。

まてよ。先輩たちが望む形での会報なら……。

「――作れるかも」

思わず、ぽろりと口をつく。

「え？」

「先輩がたの気持ち、わかりました。もう一度、王子にお願いしてきます！」

あたしは先輩たちに一礼すると、Uターンして王子のもとへ向かうのだった。


「王子。話があるんだけど」

「会報の話だったら、断ったよな」

我が家のリビングで雑誌を読む王子は、目線すら向けてこない。

「ごめん。あたし、まちがってた」

「まちがってない。ファンクラブとかくだらないし。解散してもらうようお願いするいい口実ができた」

「そんな！」

王子のとりつく島のないほど冷たい声に、あたしはギョッとする。

「王子。誤解してる！　先輩たち、すごく王子のこと、大切に想ってくれてるよ」

「それがめいわくなんだけど」

あたしはギュッとこぶしをにぎりしめ、王子の方をまっすぐみつめる。

「**――人が人を好きになるのは、止められないいし。止める権利なんてだれにもない。ちがう？**」

「ゆの」

あたしの言葉に、王子がビックリしたようにこちらを見た。

「先輩たちに、暴露記事を載せるなって怒られた。先輩たちは、王子に幸せでいてほしいんだって。すごく優しい人たちだよ」

「先輩たちが……そんなこと」

あたしは大きくうなずく。

「好きになるのは、止められないし止める権利なんてだれにもない、か。――おまえに言われるとは思わなかった」

王子の神妙な言葉に、あたしはウッとつまる。

「たしかに恋愛経験0のモテないあたしが、エラそうにとは思うけどっ！」

あたしの言葉に、王子がうすく笑う。

「――じゃあ。好きでいても、いいのかな」

「へ？」

まっすぐ目をみつめつぶやく王子に、あたしはキョトンとする。

「い……いいんじゃない？　でもどういう意味？」

「なんでもない。こっちの話」

「ちょっと！　すごく気になるんですけど！　なにより、意味深な言い方やめてくれるっ!?」

あたしが怒鳴ると、王子はクスリと笑う。

「やだ。教えない」

もーっ。なによそのイジワルな笑みはっ！　ぜんぜん王子の気持ちが読めない！

「王子の気持ちを大事にしつつ、会報を作って届けたい。あたし自身も、先輩がたに喜んでもらえる会報が作りたい！　王子になっとくしてもらえる形で、会報を作らせてください！」

ダメだって言われても、ぜんぶがダメって思って、かんたんにすべてをあきらめちゃダメだ。

だって、正解はひとつじゃない。

本当の正解は、考えて考えて自分の中からみちびきだすものなんじゃないかな。

王子の気持ち、先輩たちの気持ち。そしてなっとくできる会報を作りたいあたしの気持ち。

どれも、ぜんぶ大事にしたい。

「このとおりです。どうか、どうかお願いします！」

深々と頭を下げるあたしに、王子はやれやれというようにため息をつく。

「──あいかわらず強欲で強引」

ううっ。ごもっとも。

あたしは、シュンと肩をすくめる。

「──しかたないな。おまえにはかなわないよ。編集長」

「ほえ？」

もしかして。それって、オッケーってこと!?

キラキラした目で、王子を見ると、王子はさらに信じられない言葉をつげる。

「た・だ・し。俺も手伝うから」

ええええっ？　どーゆーこと!?

言葉の真意がわからず、あたしはマジマジと王子をみつめた。

「俺も。『パーティー』編集部の一員だろ」

ぶっきらぼうに言う王子に、あたしは思いきり抱きついた。

「王子！　本当に本当にありがとう！　うれしい！　すっごくうれしい！」

会報を作ることを許可してくれたこと。

なにより、『いっしょに作る』って言ってくれたこと！

「――おまえ、自分から抱きつくのはいいのかよ。本当に自由だよな」

あきれたように言う王子の言葉に、あたしはバッと王子からはなれる。

「え？　おぎゃあああっ、すみません！」

あわわわ、これは感謝の気持ちがＭＡＸだったもんで、つい！

よーしっ。会報作り、本格始動だー！

「それでは。編集会議をはじめます」

あたしはそう宣言すると、ひとりひとりメンバーを見る。

しおりちゃん、エンマ、それに王子。

『パーティー』編集部のみんながそろったよ！　やっぱり、編集部はこうでないと！

「王子にも確認してもらって、王子がなっとくできる形で、ファンクラブ会報を作ります」

しおりちゃんとエンマが王子を見ると、王子はしぶしぶという感じでうなずく。

「いつもの『パーティー』といっしょで、読者に楽しんでもらう会報にしたいと思ってるから。

みんなで企画を出しあおう！」

「「おー！」」

「……お手やわらかにたのむ」

さあ。ファンクラブ会報作り。いっちょ、やりますか！

「基本は雑誌作りと同じだけど、このまえの増刊号に近いんじゃないかな」

この前、三ツ星歌劇団50周年記念号を作ったんだよね。

「じゃあ、王子の基本的なプロフィールは載せていい？」

あたしの言葉に、王子は一考したあと小さくうなずく。

「じゃあ。王子のプロフィールと年表。インタビューとか？」

「——インタビュアーは赤松以外で」

「くっそ！　なんでだよ！」

「日ごろのおこないをふりかえってみろ！　それが答えだ！」

くやしそうにエンマが絶叫し、王子も負けじと応戦する。

「レア情報以外に、レアな感じを出す方法ってあるのかな？」

あたしの言葉に、しおりちゃんが手を上げる。

「本屋さんで見かけたんですが。こんなのはどうでしょう」

しおりちゃんが見せてくれたのは、本屋さんにおかれていた小冊子。

新作にスポットをあてつつ、作家の紹介やインタビュー記事もある。

「いいね。これ、こんな感じにしよう！　しおりちゃん、ありがとう！」

パラパラ見ながら、しおりちゃんにほほえみかける。

「あ！　これなんかどうかな」

あたしが指さしたのは、著者直筆のメッセージだ。

「人間は、好きな人の手書き文字を見ると、うれしいのではないかと思います」

いやいや。しおりちゃん！　あなたも同じ人間ですからっ！

「王子、直筆メッセージは？」

「メッセージ……。なに書けばいいのか、わからない」

もーっ。王子様ってば、もったいぶりおって！

「じゃあ。今回の記事、ぜんぶ王子が手書きするっていうのは？」

それなら、ラクチンだし、先輩もあたしもハッピーだよ☆

「おまえ……またテキトーなくせに大変なことを、思いつくんじゃない！」

おぎゃー！　王子にぐいぐい襟元をしめられ、あたしはジタバタあばれる。

「じゃあ。会報の最後に名前を直筆で書くのは？」

「——そのくらいなら」

そんなやりとりをくりかえし、できた台割はこんな感じ。

「――こうやってみると、けっこう豪華じゃね？」

エンマが感心したように言うと、

「さすが王子様。太っ腹ですね」

しおりちゃんまでコクコクとうなずく。

「なぜだ……なんだか丸めこまれたような……」

ブツブツ言いながら頭をかかえる王子に、あたしはうでぐみしてつぶやく。

「うーん。もう一声ほしいなぁ。やっぱりトウマ先輩にマンガをお願いする？」

「「「**いらない。絶対に！**」」」

オギャッ。全員力いっぱい否定しなくっても。

「じゃあさ。このさいだから、オネショ写真だけは載せちゃう？　載せちゃう？」

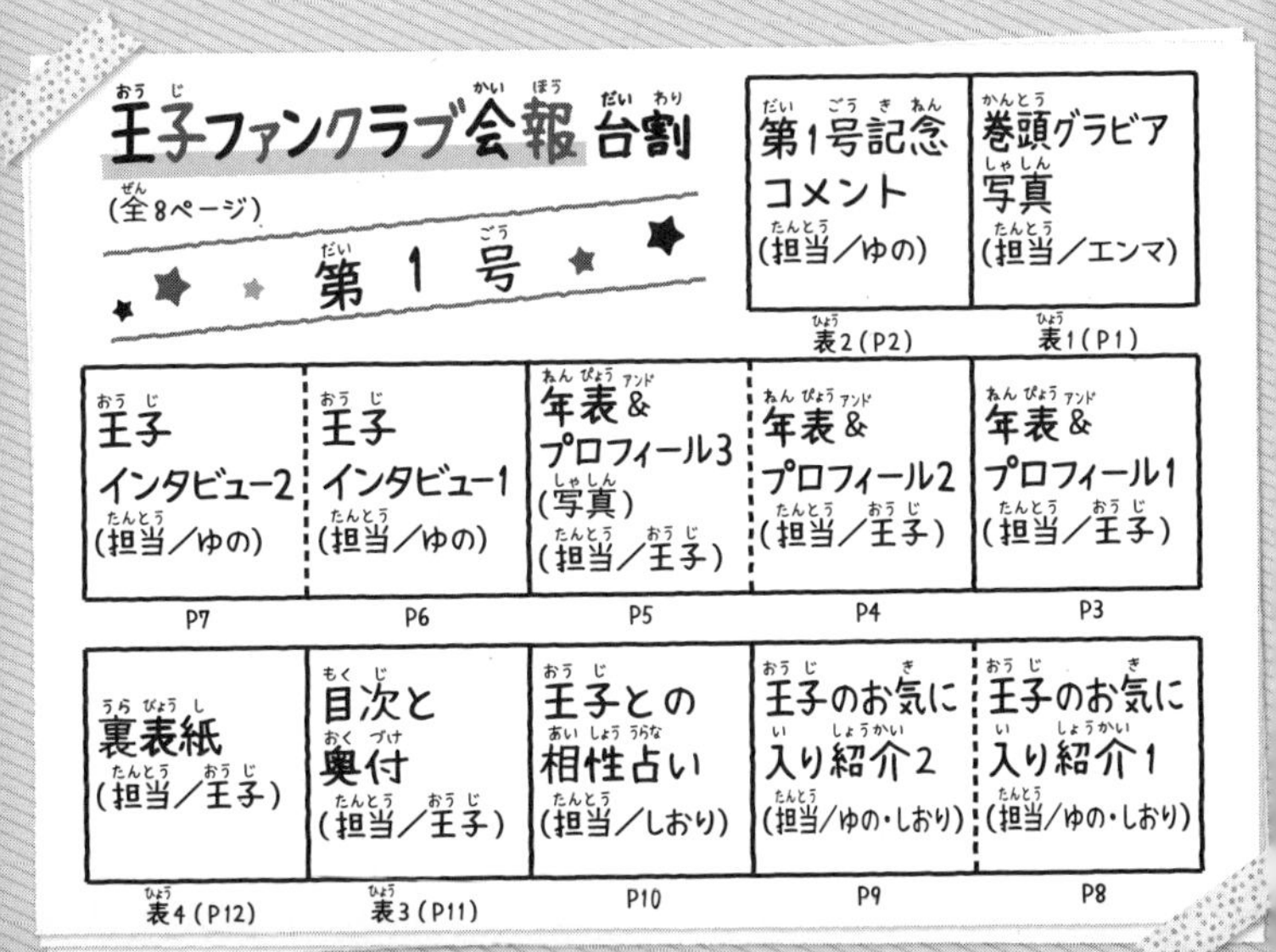

「おまえまた……調子にのるなあああっ！」

ギャ――ッ！　またもや、王子のカミナリが落ちた。

「しかも。おまえ、おぼえてないだろ！」

ほえ？　おぼえてないってなにが？

「このオネショ、おまえのオネショだぞ」

「「「**えええええっ!?**」」」

王子の言葉に、全員が絶叫する。

「だって。王子のパジャマ、ぬれてるじゃん！」

「小さいときいっしょに昼寝してただろ。おまえ、寝相が悪すぎて人の上でオネショしたんだろうが！　そのときの写真だぞ、コレ」

王子の言葉にしおりちゃんとエンマが笑う。

「まっさかー。さすがにそれは鬼すぎるだろ」

「いくらゆのさんでも人の上でオネショするなんて……ゆのさん？」

サー。

コロッとわすれていた過去の記憶が、くっきりと鮮明になってくる。

「ま、まさか……」

エンマは顔をひきつらせ、しおりちゃんは「まあ」と口元を両手でおおう。

「ごめんなさいー！　その写真はなかったことにしてくださいー！」

ガバッと土下座するあたしに、王子はフフンと笑った。

「どうしようかな」

「わーん。なんでもします！　なんでもしますから――！」

あたしの絶叫が、部室にひびきわたる。

かくして、大騒ぎのすえ、ファンクラブ会報は無事に作られたのだった。

「お待たせしました。ファンクラブの会報ができました！」

ファンクラブの会長に、会報の原稿を手わたす。

「おおおおっ。ありがとう！　ありがとう！」

会長は会報の入った封筒を抱きしめ、ほかのメンバーは、あたしの手をとってブンブンと握手をしたり、抱きしめる。

こんなに喜んでもらえるなんて。

がんばって会報を作ったかいがあったよ。

ところが……。

「なんじゃこりゃあああああああああっ」

封筒の中の会報をひきだした会長の絶叫に、全員が会長のもとへかけよる。

封筒の中に入っていたものは――。

『三ツ星学園の真のプリンス・青木トウマ全特集』

と書かれた、会報なんですけど！

「と、トウマ先輩――――――!?」

もしかしなくても、これってトウマ先輩のファンクラブ会報じゃない？

「黒崎くんにファンクラブ会報誌だなんて２００万年早い！　この学園の生徒全員、僕のファンになればいいのさっ。ふふふっ、あっはは一ん♪」

「ギャー！　なんで余計なまねばっかりするんですかー！」

「だってー。僕、ぜんぜん出番ないじゃん。ぷー」

と、トウマ先輩は唇をとがらせ、

「ま、僕のことはいいから。あちらのみなさんがカンカンになってお待ちかねだよ☆　うまくなだめるんだね。編集長」

トウマ先輩はバチーンとウィンクすると、煙のように消えた。

「白石さんっ。これ、どーゆーこと!?」

「アンタ、やっぱり先輩なめてない!?」

「ちゃーんと説明してもらおうかしら？（怒）」

殺気を放った先輩たちにニジリ寄られ、あたしは青ざめる。

「わ——ん。なめてません、ぜんぜんなめてません！（涙）」

あたしたちのやりとりを遠くでながめながら、エンマはチラリと王子を見る。

「——それ、いちごパンツに見せてやんねーのか？」

王子が手に持っていたのは——みんなで作った会報のコピーだ。

「トウマ先輩のやりそうなことに気づけないなんて。ゆのも、まだまだ甘いな」

王子の言葉にエンマはニヤリと笑う。

「けけけ。さすが」

「ぎゃあああああっ。先輩——っ、ゆるしてくださいいいいっ」

「「「**ゆるすわけないでしょおおおっ！**」」」

あたしと先輩たちとの追いかけっこは、しばらく続くのであった。

意味チェンジ!
いみちぇん!
おれのフシギな主さま
あるじ
あさばみゆき
絵／市井あさ
え　いちい

人物紹介

直毘モモ

小学５年。書道が大好き。愛読書は、『面白難解漢字辞典』！「出る杭は打たれる」がモットーの、地味系ガール。ミコトバヅカイのご当主さま。

矢神 匠

モモのおとなりに引っ越してきた、イケメン転校生。主さまであるモモをサポートするためにやってきた、文房師。

秀華

モモのアコガレの美しき書道家。お役目を目撃しちゃう!?

これまでのお話

わたし、モモ。超地味系な五年生。
ひょんなことから、イケメン矢神くんを
パートナーに、言葉の力で世界を守る、
ミコトバヅカイになっちゃった！

敵はまだまだ
ナゾだらけだけど…。

でも、支えてくれる
矢神くんといっしょに、
ひみつのお役目
がんばります！

門外不出 ミコトバ秘伝の書

この世には、
二種類の言葉がある。
ひとつは美言葉。
そして、禍言。
ミコトバは美しい言葉、
正しい言葉。
マガゴトは禍々しい言葉、
悪い言葉。
マガゴトがはびこれば、
それを利用するマガツ鬼
によって、この世は混乱し
てしまう。
直毘家当主は、矢神家と
力を合わせ、この世をマガ
ツ鬼から守ること。
――これを、先祖代々の
ひみつのお役目とする。

いみちぇんってなに？

「いみちぇん」＝「意味・チェンジ」

マガツ鬼が黒札に書いてきた漢字をもとに、
漢字のパーツを変えたり足したりして、
別の意味の漢字にしちゃうんだ！

文房師
特製の墨

ミコトバヅカイ
の武器
御筆・桃花

蜂

「蜂」から
「虫」だけ残して、
「枼」を書き入れると、
「蝶」に変身

蝶

BOMB!

さらにひみつが…！

一番のひみつは、モモが矢神くんの「主さま」ってこと！クラスで人気の矢神くんと仲が良いなんて知られたら、クラス中の女子から目をつけられちゃう。でも、矢神くんはそんなこと全然気にしなくて…。モモの平凡ライフはいったいどうなる!?

1 ふたりきりのお出かけ

大みそかも明後日にせまった、底冷えのする夜。

おれがベランダの大そうじをしてたら、向かいの一軒家の窓から、見なれた茶色の頭が、ひょこっと顔を出した。

「こんばんは、矢神くん。……あの、矢神くん明日って、なにしてる？」

「モモ。おれも、話そうと思ってたんだ。実は、明日から年明けまで、三重の実家に帰ることになった。文房四宝の補充もしなきゃでな。正月明けたら、すぐコッチにもどってくるつもりだが」

「そっか、冬休みだもんね。矢神くんも、ご実家帰らなきゃだよね」

おれの言葉に、モモは窓の桟に手をおき、なにか言いたげに視線をさまよわせた。

マガツ鬼が出てこないか、不安なんだろうか。

そう、おれたちには、トクベツなつながりがある。

モモは、おれの主さま。唯一無二のパートナーだ。

ミコトバヅカイのモモと、文房師のおれ。おれたちは、鬼のマガツ鬼から人々を守るという、先祖代々のお役目を継いでいる。

——実はおれも、少し心配しているんだ。

コイツ、お役目のとき、人を守るとなるとしっかりするのに、ふだんは気が弱いというか、頼りないというか、気をつかってエンリョしすぎるところがあるんだ。

おれは部屋にとってかえし、メモにペンを走らせてもどってきた。

「これ、実家の電話番号と住所。もし何かあったら、すぐ連絡しろ」

「あっ、ありがとう！」

モモはめずらしく大きな声をだして、メモを両手に抱くと、首をうつむけた。

そして、小さなため息。

「ええと、あのね、矢神くん。明日、もし矢神くんが一緒に来てくれたらって思ったんだけど……。でも里帰りじゃお願いできないもんね」

「なんだ？」

モモは顔を下に向けたまま、なにやらモジモジと指をこねている。

「こんなこと矢神くんに聞くの、おかしいと思うんだけど。ほかに相談できなくって。……実は、明日、わたしのアコガレの人に会う予定があるの」

「――アコガレの人？」

ぴきっと固まるおれを取り残して、モモは頬を染め、必死なようすで、ハンガーにかけた二着の洋服をつきだした。

ピンクの短いスカートと、淡い水色のワンピース。

どっちも、学校にはゼッタイ着てこないような、ひらひらした服だ。

「これ、どっちが似合うかなっ!?　っていうか、どっちがマシに見える!?」

翌朝。

モモは、白いコートに、おれが選んだ水色のワンピースを着て、自宅前の通りに出てきた。

髪の毛も、いつものふたつ結びじゃなく、高いところでひとつにまとめてる。

手にさげた紙ぶくろには、色とりどりの花束。

なんだか知らない女子と待ち合わせしてしまったような気分になって、おれは何度か目をまたたいた。

「矢神くん、お待たせしましたっ。ごめんね、結局つきあってもらっちゃって」

「いや、おれが勝手についていくって言ったんだ。それに新幹線は夕方発だから、もどってきてからでも間にあう」

「ありがとう。よかった、矢神くんがいてくれたら心強いよ」

うれしそうに、モモは笑う。

やっぱり、ムリヤリついていくことにして正解だった。

モモは基本的には地味なんだが、フシギなことに、ときどき全然地味じゃなくなる。特に今みたいに、はにかんだ笑みを浮かべたときは。

……やっぱり、おれがしっかり見てないと。

おれは使命感のような、警戒心のようなものを胸に、駅に向かう道を歩きだした。

「キンチョーしちゃって、夜、ぜんぜん眠れなかったんだ。この服、似合ってるかな？　ママに、気合い入れすぎでしょって笑われちゃったんだけど」

モモはいつもより、よくしゃべる。

不安そうに自分のかっこうを見下ろす姿を見てると、なぜか胸がザワッとした。

「……似合う」

道路に目を落としたままボソッと言うと、モモは顔をはねあげ、寒さに赤らんだ頬を、もっと赤くした。

「よ、よかった。ありがとうっ」

「それで、そのアコガレの人ってのは、どこで待ちあわせなんだ？」

「あっ、ごめん。言ってなかったっけ？　待ちあわせっていうか、市立美術館の書道展にいるはずなの」

「……書道展？」

おれは、となりを歩くモモに顔を向けた。

「うん。ママの書道教室の生徒さんが、コンクールで銀賞とったんだ。チラシ見せてもらったら、わたしのアコガレの人も参加してるって知って。もしかしたら会えるかなと思ったの。この花束、その人用なんだ」

予想してたのと、ちがう方向になってきた。

「じゃあ、アコガレの人って、」

「うん！　金賞の書道家さん！　すごいんだよ。本当にたまにしか出品してこないのに、出すと必ず賞とっちゃうの！　すっごくキレイな書で、わたし、新聞や雑誌にのってるの、ぜんぶ取っておいてるんだ。幻の書道家って言われてて、しかも美女なんだって！」

思わず、息をついた。書道家。しかも、女。

あれ。おれ、今、なんでホッとしたんだろうか。

「だから、今日お会いできるの、すっごくドキドキしちゃって――って、あっ、ごめん」

ひとり盛りあがっていたモモは、はたと我に返ったらしい。その恥ずかしそうな顔に、おれは吹きだした。

「ハハッ、モモはホントに書道ばっかだな」

「なっ、矢神くんだって、四宝ばっかじゃん！」

「だな」

おれたちは笑いながら、駅への道を歩いていく。

まあ、モモとふたり、冬休みの遠出も悪くない、か。


平日の朝十時っていうハンパな時間帯だから、電車は空いている。

同じ車両には、ななめ向かいの席に、買い物に行くらしいおばさんが二人だけ。

電車の動きに合わせ、冬の日ざしがユラユラとゆれている。

モモはずっと、書道展のチラシをうれしそうに眺めてる。

横からのぞきこんで、おれは思わず声をだした。

「へぇ。文房四宝の展覧会も、同時開催か」

「そうなの。だから、矢神くんを誘いたかったんだ。せっかくだから、コンクールのこどもの部も、四宝のコーナーも、ぜんぶ見ていこうよ」

モモに笑顔を向けられて、おれもほほえみ返す。

「ああ、そうするか。そうだ、モモのその、アコガレの書道家ってのは、どれだ？」

「ええとね、コレ。この、秀華さんっていう人」

モモからチラシを受けとって、おれはマジマジと見つめた。

チラシの一番めだつところに、作品の写真がのってる。

「礼」という、一文字。

力強くて潔い、キッパリとした字だ。

モモがあこがれるのも分かる気がする。

……けど、この字。どこかで見たような手クセがあるような――。

「秀華、か」

いや、見たことない雅号だ。雅号っていうのは、書道家が使うペンネームみたいなものだが、「秀華」には見おぼえがない。

思い出そうとして眉間にシワを寄せるおれに、モモは首をかしげた。

「どうかした？」

「いや、なんでもない。それより、モモはコンクールに出品とかしないんだな」

「わっ、わたし!?　わたしなんて、まだまだだよっ」

「やってみればいいだろ。いい線いくと思うぞ」

本気で言ったのに、モモはあわてた様子で両手をふる。

「わたし、ただシュミでやってるだけだから」

「おれ、好きだけどな。モモの字」

瞬間、モモの顔が、リンゴみたいに真っ赤になった。

「どうした」

「な、なんでもないっ。それよりさ、矢神くん、里帰りしたら、類くんとかハジメさんとか、みんなに会えるねっ」

「え？　ああ。そうだな」

急に話題が変わって、おれは目をまたたいた。

「矢神くんのご両親とか、五人兄弟もそろうんでしょっ？　スゴイなぁっ」

「そろうっていっても、全員かは分からないな。ウチの兄弟、それぞれ里の仕事を受け持ってるから、忙しいんだ。上の姉ちゃんなんて、里で作られた四宝を売りこんだりする仕事しててな。あんまり里にいない」

「あ……、そうなんだ。ちょっとさびしいね」

「たまに会うくらいで、ちょうどいいんだけどな。モモにもいつか紹介するな。そのうち里に来いよ。ホントにみんな会いたがってるから」

「えっ？　わたしが、矢神くんのご実家までっ!?　ド、ドキドキしちゃうよっ」

「ベツに構えることないだろ」

里の人間は、みんなおまえの家臣だぞ、と言いそうになって、言葉をのんだ。

さっきから、向かいのおばさんたちが、こっちの会話に耳をそばだててる気がする。

と、その方向から、ぷぷっと笑い声。

おばさん二人が、顔中を笑みにして、こっちを眺めてる。

「いいわねえ。これからデート？」

デート、だと？

その時、電車がトンネルに入った。向かいの窓に、おれたちが並んで座ってる姿が映りこんでる。

——女子と男子ふたりきり。しかも、モモはひらひらのワンピース。

「小学生で恋人なんて、最近のコは早いわねぇ」

その瞬間、モモがガバッと立ち上がった。顔だけじゃない。耳や首まで真っ赤だ。

体じゅうが、おかしいくらいにプルプル震えてる。

「ち、ちちちがいますっ！　ただの友だちですっ！」

ゴトン。

車体がゆれた。足をよろめかせるモモを、おれがすんでのところで受けとめる。

バッと振りかえったモモは、ぶわっと汗をふきだし、口をアワアワ開閉させる。

「モモ、着いたぞ。この駅で乗りかえだろ」

あれ、と自分でもけげんに思った。なんだか今、フキゲンな声になった気がする。

「あ、あ、うんっ！」

ホームにおりたおれたちを、おばさん二人は、車内からまだニコニコ見送ってる。

ベツにまちがってない。モモとおれは、お役目のことから離れれば、ただの友だちだ。

なのに何で、モモの言葉に引っかかったんだろう。

2 書道展は迷宮入り⁉

おかしい。ゼッタイに、おかしい。

おれたちは、ぜいぜいと肩を上下させながら、薄暗いろうかのカベの、「書道展、コチラ」の矢印をにらんだ。

——書道展は、この美術館のなかのAホールで開催されてる、はず。

だが、この美術館がいくら大きな建物だからって、ホールにたどりつくのに、三十分もかかるのは、ゼッタイに、おかしい‼

順路のとおりに歩いても、えんえんと、ろうかを歩き続けるだけ。目的のAホールどころか、入り口の場所すら見失った。

「やっ、矢神くんっ、ココ、さっきも通ったよね」

「だな」

案内の下には、芸術家の作品らしい、やたらとリアルなタヌキの人形と、デカい盛り花が飾ってある。

このタヌキ、もう十回は見てる。

草履をはいて、手には酒ビン、頭に蓑ガサ。昔話にでてきそうなタヌキだ。

しかも、盛り花からは甘いニオイが強く漂ってきて、鼻がきかなくなってきた。

後ろから来たカップルも、「ウソッ！」と声をあげる。その次に来た、家族連れも。

みんな、同じ道をぐるぐる回らされてるみたいだ。

「矢神くん。迷路って、ずっと左手をカベについて回れば、ゴールに着くって聞いたことあるけど……」

モモが不安に青ざめた顔で言う。

「その方法が有効なのは、ゴールが外側のカベぞいにあるときだけだな。第一、ここは迷路じゃない。フツーの美術館だろ」

「でも、こんなのヘンだよね」

そうだ。フツーの美術館のはずだが、フツーの状況じゃない。

「まさか、マガツ鬼のシワザか――？」

ぼそっとつぶやいた、その時。

視界のハシで、一瞬、タヌキの人形が動いた気がした。

見つめると、飾りモノのはずのその黒い目が、ちろりと動いた。そして、口がニヤリと吊りあがる。

「「……っ！」」

おれもモモも、息をのんだ。

やはりマガツ鬼だったか！

ろうかの薄暗さと、花のニオイにまぎれて邪気に気づかなかったんだ。

おれたちとバチッと目が合うと、タヌキは土台から飛びおり、通路のむこうへスタコラ逃げていく。

「モモッ！」

「うんっ！」

驚く人達の中を、おれたちは走りだす。

モモはカバンから、**御筆・桃花**を取りだす。おれも駆けながら、白札と墨ツボを。

ちょこまか走っていくタヌキの後ろ姿が、角のむこうに消える。

「待て！」

ダダッと後を追いかけるおれたちは、曲がるなり、ゴン、となにかに激突した。

「うっ」

「イタッ！」

壁、だ。さっきは、こんなトコに壁なんて無かったぞ！

アイツ、黒札で壁を作りだしたのか！　しかも、ヤツは今の隙に逃げたらしい。

「くそ、見失ったな……」

「あった！」

唐突に大きな声をあげたのは、モモだ。

「え？　あったって――、なにがだ？」

「これ！」

モモが指さすのは、壁に貼られた、案内の矢印。

「矢神くん。これ書きかえれば、迷路から脱出できるよ！」

モモはおれが渡した白札に、すばやく桃花を走らせる。

「ミコトバヅカイの名において、桃花寿ぐ、コトバのチカラ！」

投げつけられた白札が、壁の案内に重なるように貼りつく。

ぼうんっとあがる白いケムリ。

「マガツ鬼のイタズラなら、たぶん、案内の『順路』の紙を、**迷路**に書きかえたんだろうなって思って。走りながら、『迷路』になってる紙がないか、探してたの。今、『迷路』を元の**順路**にもどしたから、これで大丈夫だよ」

すごいな、と驚いて、おれはモモを見やった。

この状況で、脱出方法にまで、冷静に頭をまわしてたのか。

きみも「いみちぇん！」にトライ！ ミコトバ道場

問題

一文字変えて、通路をアケビに変えよ！

通路→通□

□に入る漢字を考えよう！

アケビは、ちょっとグロテスクな見た目だけど、甘くておいしい果物だよ。ヒントは、アケビの実は、どこから生えているのか。ちょっと頭をひねって考えてみて！

立ちこめるケムリが、少しずつ流れて消えていく。

モモは周囲を警戒して、桃花を持ちなおす。

その、ふだんより凛々しい横顔を見つめるうちに、おれたちの前に立ちはだかってた、白い壁は、アトカタもなくなっていた。

向こうにのぞくのは、ずらっと並ぶ盛り花と、「書道会・作品展会場」の立て看板。

目指してた、Aホールの入り口だ！


「……よしっ！」

モモは花束の入った紙ぶくろを持ちなおし、気合いを入れた。

入れるが、足が前に出ない。

よしっ、ともう一度、気合いの入った声をだすが、やっぱり足は止まったままだ。

靴底がノリで貼りついてるみたいだ。

答え

正解は…草!!

通草＝アケビだよ。

アケビは、つる（草の部分）が空洞になっていて、そこを空気が通り抜けるから、この漢字が付いたんだって。他にも「木通」っていう表記もあるんだよ。

今回の道場はここまで！　次回もよろしくね☆

「行くぞ」

ぽん、と背中を押してやると、モモは、急にするすると前へ歩きだした。

――右手と右足が、いっしょに出ているが。

おれは笑いをかみころしながら、モモとならんで受付に立った。

「あっ、ああああのっ、わ、わわわわた、わたヒッ！」

舌をかんだらしい。モモは涙目で顔をうつむける。

おれは代わりに記名帳に名前を書きこみ、受付のおばさんを見つめた。

「秀華さんに会えますか。花を渡したいんですが」

「あら、ごめんなさい。秀華さん、ちょうど外に出られてるんですよ。お花、お預かりしましょうか？」

「ええっ……!?」

おばさんの言葉に、モモは世界が終わりを迎えたような絶望の表情になる。

「きょ、今日はもう、秀華さんには会えないんですかっ？」

あんまり必死なモモに、受付のおばさんは小さく笑った。

「じゃあ、戻ってらしたら、お伝えしますよ。かわいいお客さんが二人いらしたって。それまで、中を回ってたらどうかしら」

「あ、ありがとうございますっ！」

ものすごい勢いで頭をさげたモモは、受付のつくえに、ゴッと頭を打ちつけた。


書道展は、なかなか壮観だ。

パネルにずらりと飾られた、作品の数々。色紙あり、掛け軸あり、横幅が五メートルはありそうな大作あり。

墨一色の落ちついた空間だが、好きな人間にとっては、これ以上ない華やかさだ。

——もちろん、モモはとっくに、自分の世界の中、だ。

あこがれの秀華先生の作品の前で立ちどまり、そのまま十分は動いてない。

この、金賞の花飾りがついた額の前には、モモのほかにも、立ちどまる客は多い。

だが、人の集う場所には、マガツ鬼も引き寄せられやすい。この書道展の会場もしかりだ。

……さっきの逃げたマガツ鬼のゆくえが気になるな。

邪気はすぐに気づけないほど薄かったから、まだ生まれて日の浅いマガツ鬼なんだろう。だが、このまま放っておくわけにはいかない。

「モモ。おれ、少し会場回ってくるな」

「……うん」

ちゃんと伝わってるのかどうか、返事もウワの空だ。

モモが一番好きな場所に来てるわけだから、しかたない。偵察くらいなら、おれ一人でも行けるか。

「そこを動くなよ。おれが戻ってくるまで待ってろ」

「……うん」

魂の抜けたみたいな声。これはダメだ。

おれは苦笑して、人が一番たくさん集まっている場所——、こども部門の展示コーナーへ向かった。

自分の作品の前で、ピースする男子。うれしそうにカメラをかまえる両親。

人ごみのなかに、さっき迷路で会った親子連れも見かけた。

モモの術のおかげで、みんな無事に会場にたどりつけたようだ。

胸をなでおろしながら、周囲に視線をめぐらせると——、

「……アイツ、たいして、うまくもないくせに」

ボソッと、憎々しげなひびきの声。

「なんでアイツが金賞なんだよ。イミ分かんねぇ」

ハッとして声の主をさがすと、人ごみから離れたカベぎわに、鋭い目つきの小学生数人が集まっている。視線の先は、さっき親と写真を撮っていた男子だ。

「入会したばっかで金賞なんて、偶然じゃなきゃコネだろ」

言い捨てても、まだ足りないとでもいうような、憎しみのこもった、暗い瞳。

……嫉妬か。

おそらく、同じ教室かなにかに通ってて、アイツらは賞をとれなかったんだろう。

彼らの吐いたマガゴトのせいで、まわりに薄黒いモヤが流れてきた。

と、いうことは――。

陰口をたたいてる、その男子の足もと。タヌキがぬっと顔を出した。

おもむろにクワッと大口を開け、集まった邪気を食おうとする。

マズイ！

おれはお役目用のお道具ケースに手をつっこみ、文鎮を取りだした。すかさず投げつけた文鎮は、まっすぐにタヌキに向かい――、ゴッと音をたて、男子の足もと、タヌキの目の前に突き立った。

「うわあっ!?」

前ぶれなく飛んできた文鎮に、男子が声を上げる。

タヌキはキャッと悲鳴をあげ、方向転換、またちょこまか走りだす。

「なっ、なっ、文鎮っ!? タヌキ!?」

文鎮を回収して目の前を駆けぬけるおれに、集まってた男子女子は、ぽかんと口を開ける。

今度こそ逃がすかっ!

モモは——、ダメだ、距離が遠い。マガツ鬼を捕まえるか気絶させるかなりして、あとで合流するしかない。

おれはそのままタヌキを追い、人の波をかきわける。

廊下に飛びだしたタヌキに続き、受付の前を走りぬける。茶色い尾が、角のむこうに消えたのを追い、廊下へ走りでて。

「——ッ!」

おれは、足を止めた。

目に入るのは、白壁の通路。

嫌な予感が、腹の底から湧いてきた。
タヌキの消えた曲がり角に、タタッと歩み寄る。
この廊下の先、エレベーターホールだったはずだ。
だが今、おれの眼前には、薄暗い白壁の、果てのない、長い長い廊下が続いている。
……しまった。やられた。
また、迷路だ。
おれは、しんと静まりかえった道の先を、じっと見すえた。
──どうする？　今度は、術を使えるモモもいない。

3 あこがれの美しき書道家

わたし、直毘モモは、秀華さんの作品を見つめて、見つめて、見つめて――。

縦横一メートルの紙に、どんっと、一字きり。

「礼」。

「**礼儀**」の「**礼**」っていう字。

勢いのある、流れるような筆の運び。つやめかしい、鮮やかな青々しい墨の色と、余白のきっぱりとしたコントラスト。

迷いがなくて、すがすがしい。

秀華さんご本人も、こんなふうに凛々しいムードの人なのかな。

「矢神くん、やっぱり、秀華さんってスゴイよねぇ」

となりを見やって、絶句した。

え？　いない。矢神くんが、いない！

いつからいなかった⁉　そもそも、わたし、どのくらいココに立ってた⁉

もしかして、あんまり待たされるから、いくら優しい矢神くんでも、アイソつかして、どっか行っちゃったのかも！

さああっと血の気が引いた。

あやまらなきゃ！　ていうか、まず、探さなきゃ！

そのとき、ぽん、と肩をたたかれた。矢神くんっ⁉

「へっ」

勢いよく振りかえったら、ぷす、とほっぺたに指がささる。

見たこともないような美人が、ソコに立っていた。

さらさら流れる、腰まで届く、長い黒髪。まんなかでわけた前髪からのぞく、白い額。そして、切れ長のスッキリとした瞳。赤く色づいた、薄いくちびる。

たとえるなら、清楚な百合の花。

絵の中から飛び出してきたような和風美人が、にっこりと微笑んで、わたしのほっぺたに指を突き立ててる。

――ん？　美人？

「も、もももしかしてっ」

「かわいいお客さんって、あなたのコトね？　お待たせしました。秀華です」

どっどっどっと、タイコを連打する心臓が、今にも胸をたたきやぶっちゃいそうだ。

わたしは、秀華さんに連れられて、なんと、彼女の控え室に入ってしまった。

矢神くんがどこに行っちゃったのか、

すごく気になるんだけど……。ごめん、サインをいただいたら、すぐに、すぐに探しにいきますっ！

わたしが、一生に一度の勇気をふりしぼってお願いした、サイン色紙。

秀華さんは色紙をテーブルに置くと、静かに墨をすりはじめた。

その一挙一動を見逃してなるものかと

わたしは血眼で、彼女の手もとに集中する。

秀華さんは、中筆を手にとると、硯にためた墨液に筆をひたした。

そして、精神統一。ふっと息を止めると、一息に、金賞の作品と同じ、「**礼**」という字を書きあげる。

一度息をついて、筆を小筆に持ちかえる。今度は「**秀華**」と、雅号のサインを。

筆を硯にたてかけて。

……ほっとした顔で、わたしを振りかえった。

と、なぜかフフッと笑われてしまった。

「いやだ、あなたまで息を止めてなくてもいいのよ？　顔、赤くなってるわ」

「あっ、つい」

「ホントに書道が好きなのね。見てて分かるわ」

「ありがとうございます！　サイン、宝物にしますっ！」

「喜んでくれて、わたしも幸せよ」

感動にうち震えながら、大切に大切に、色紙をカバンへしまった、その時。

「キャーッ！」

会場のほうから、甲高い悲鳴がひびいてきた。

わたしも秀華さんも、同時にドアの外を振りかえる。

すぐに、右往左往するような足音もドタバタと聞こえはじめた。

もしかして、さっきのタヌキのマガツ鬼!?

そういえば、わたし、作品展に夢中になってたけど、あのマガツ鬼、逃げたままだったよね。

探さなきゃって思ってたのに、会場に入ったとたん、あんまりにも輝かしい作品たちに引きこまれて、頭からすっぽ抜けてた……!

わたし、浮かれちゃって、お役目忘れるなんて、ホントにバカだ!

「秀華さん、ごめんなさい！　わたし、ちょっとアッチを」

見てきます、と言い終えるまえに、彼女のほうが先に動いていた。

風のように駆けだした彼女は、あっという間に控え室からいなくなる。

わたしは一瞬ポカンとしてから、いそいで秀華さんの後を追った。


会場は、大混乱だ。

タヌキのマガツ鬼が、おなかをポンポコたたきながら踊りまわってる。

「なにあのタヌキッ!?」

お客さんたちは、異様な事態に、その場から遠巻きになってる。

ど、どうしよう!

わたし、桃花は持ってても、矢神くんの札や墨がないと、ミコトバの術は使えない!

矢神くんを探して目を走らせるけど、でも、人の波の中でとても見つからない。

「ひえっ!? なにコレ! 動いてるっ!?」

よろめいてきた女の人にぶつかって、わたしは彼女の視線の先を追った。

掛け軸のなかから、にぎやかな、というか、やかましい話し声が聞こえてくる。

りゅ、龍だ。紙に描かれた四匹の龍が、生きてるみたいに動いて、ペチャクチャおしゃべりしてる。

だれのウロコが一番キレイだとか、いいやアタシのだとか、まるで井戸端会議のおばちゃんたちみたい。

しっぽなんて紙からハミ出して、びったんびったん、会場の床をたたいてる。

「うわあっ!」

新たに上がったさけび声。となりを見て、わたしもヒッと息をひききった。

掛け軸のなかから転がり落ちてきたのは、緑の小さな物体。

――イモムシ!?

掛け軸の紙のなか、モソモソうごめく、何百匹のイモムシ。紙面からあふれたのが、ぽろっぽろっと、こっちの足もとにこぼれてくる。

ぞぞぞっと体じゅうの毛が逆立った。

これ、全部、あのタヌキのマガツ鬼のイタズラ……?

作品を、黒札で書きかえてるんだ。

ヒドイ。大切な作品を、こんなふうにメチャクチャにするなんて!

しかもよりにもよって、書道の!!

逃げだす人たちのむこうで、楽しげにピョンピョンとハネる、にっくきタヌキの後ろ姿。わたしはギッとにらみつけた。

こんなふうに書道の晴れ舞台を荒らすなんて、わたし、白札がなくても、術を使えなくても、ゼッタイに許せない!!

「待てぇっ!」

秀華さんの「やめなさい！　危ないわ！」っていう声も、今は聞けないよ！

目の色を変えて追ってきたわたしに気づき、マガツ鬼はまた逃げだした。

「このっ！」

わたしは思いきりジャンプして、タヌキに飛びかかる。けど、すんでのところで、指の先から
するりとシッポが抜けちゃう。

体を床に打ちつけたけど、わたしはスグに起き上がって、またタヌキを追いかける。

矢神くんを探してる時間なんてない。でも、矢神くんならゼッタイ気づいてくれる！

タヌキは、ぎょっとする人たちの波を縫うように、会場を逃げていく。

人にぶつかるたび、「すみません！」「ごめんなさい！」とさけびながら、逃がすものかと追い
続ける。


——ようやく、タヌキが立ちどまった。

そう思ったら、そこは、あの「**礼**」と書いた、秀華さんの額縁の前。

タヌキは、キャキャキャッと甲高く笑い、口のなかに、黒札を作っていく。

その黒札に浮かんでいる、赤い字——。

「礻」の字の「礻」は、「祭壇」とか、「神さまの意志」っていう意味を持ってるんだ。その「礻」のとなりに、タヌキが書きくわえたのは、「骨」や「ムゴい死」を表す、「咼」っていう字。

「あれは、禍!?」

災難や、不幸の原因、っていう意味の字だ。

不吉なその字にハッとするけど、止める間もない。マガツ鬼の放った黒札は、秀華さんの作品に貼りつく!

あのマガツ鬼、秀華さんの、魂のこもった字を使って、さらにチカラを強めるつもりなんだ!

わたしが顔を青くするその間に、黒札はブキミな赤い光を発する。

札を貼られた「礼」の字がゆがんで、墨の黒がみるみる広がり、それがガイコツ——死神の顔に、変わっていく。

ムゴい死を運んでくる、神さま——。

額のなかの死神と、目が合った。瞬間、わたしの体は、ヘビにのまれたカエルみたいに、固まってしまう。

わたしには、反撃する武器もない。丸腰だ。

ずるりと額からはいでてくる死神の上半身。

その虚ろな眼は、まっすぐにわたしを見すえていて――、

「や、矢神くんっ……！」

声がうわずった。

びゅ、と風を切り、額縁から死神が飛びだしてくる！
ダ、ダメだ！　ぎゅっと目をつぶる。
と、横からすごい勢いで腕を引っぱられ、力強く抱きこまれた。

――目を開けると、凛々しい横顔が、わたしの顔の真上にある。

黒いサラサラの髪。力強い光を宿した、黒い瞳。

「しゅ、秀華さん!?」

秀華さんは、わたしを左腕で抱きこみ、宙に浮かぶ死神を見すえている。

エモノを外した死神は、ぼふっぼふっと、黒い霧をまきちらしながら、再び、わたしたちと向かい合う。

「気の弱そうな女の子に見えたけれど。書道のことには、とても情熱的なのね」

秀華さんはわたしを離し、落ち着いた声で、さて、どうしようかしら、とつぶやいた。

そうだ、四宝を持ってる矢神くんが来てくれないと、どうにもならない。

こんな大騒ぎになってるのに、矢神くんが来ないなんて……!

まさか、あのタヌキ、矢神くんにも何かしてるんじゃ!?

「――モモッ!」

わたしの不安を打ち消すように、待ち望んでいた、強い声が響いた。

そして飛んでくる白札と、墨ツボ!

わたしはパシッと受けとって、いそいで桃花を構えた。

「禍」のしめすへんを消して、かわりに**「虫」**をたす!

「ミコトバヅカイの名において、桃花寿ぐ、コトバのチカラ!」

わたしの投げた白札は、宙を泳いでいた死神に、ビタッと貼りついた。

同時に立ちこめる白煙。

流れさったケムリのあとには、小さな小さな、かたつむりが一匹。

そう、**禍**を、――**蝸**に書きかえたの。

よし、死神はもう大丈夫だ！

わたしは立て続けに桃花を走らせた。

「ミコトバヅカイの名において、桃花寿ぐ、コトバのチカラ！」

投げた白札が、タヌキのマガツ鬼に命中した！

ぼんっと白いケムリがあがり、その中から――、

「シャアーッ!!」

毛を逆立てた大きなネコが、わたしに向かって飛びかかってくる！

「ひゃっ！」

「モモ！」

わたしとネコの間に、サッと割って入った人影！

「矢神くん！」

矢神くんは文鎮でネコのキバを受けとめると、払って横に流した。

ネコは宙を回転して、床に着地する。

「モモ、悪い！　また迷わされて、脱出に手まどった！」

「えっ!?　矢神くん、また迷路に入ってたの!?」

聞きたいことはイロイロあるけど、まずマガツ鬼をどうにかしなきゃ！

さっきの札は、狸を、狸奴に変えたんだ。狸奴って、中国で言うネコのこと。

だけどこれじゃ、タヌキのときと状況は変わってない。

ネコはついっとわたしたちから目をそらすと、なんと、秀華さんの作品の額に飛びついた！

そのツメが、薄い和紙をビリビリと裂いていく！

「あああっ！」

なんてコトをっ！

もうすでに、「禍」の札のせいで、作品は「礼」の字が消えて、ただの白紙になっちゃってた。

けど、それでもこんなの許せない！　秀華さんへのボートクだ！

マガツ鬼は間をおかず、となりの作品へ駆けていく！　このままじゃ、ほかの作品まで破かれちゃう！

わたしは超特急で、次の札を書きあげる。

でも、ネコはぴょんぴょんアッチコッチにハネまわって、全然ねらいが定まらない！

なにか、あのネコの注意をひきつけるモノがないとっ！

ハッと思いついて、わたしはカバンから、秀華さんの雅号入りのサインを引っぱりだした。白札にいそいで字を書きつけ、それを色紙に貼りつける！

「ミコトバヅカイの名において、桃花寿ぐ、コトバのチカラ！」

ぼんっと小さなケムリ。

出てきたモノを、わたしはビッと前につきだした。

「ほらほら～、おいで、ネコちゃんっ。こっちだよ～～！」

ネコはパッとこっちを見た。

そして警戒しながら、じり、じり、と近づいてくる。

わたしは手のなかのソレを、右に、左に、ゆっくりと揺らす。

とうとうガマンできなくなったネコは、わたしのほうに大きくハネ跳んできた。

――今だ！

「ミコトバヅカイの名において、桃花寿ぐ、コトバのチカラ！」

わたしの投げた札は、ネコに直撃！

札には、狸奴からとった、奴の一字。

「奴」はドレイって意味もあるんだけど、「やっこ」って読んで、「あいつ」って意味にもなるんだ。

立ちこめたケムリが流れ、そこには、もとマガツ鬼だった、折り紙が。

人のカタチに折られた、「やっこさん」だ。

「……これで、いち段落、かな？」

わたしはホッとして、桃花と、それから、ネコの注意をひきつけてた、左手のなかのモノ――

ネコじゃらしを、おろした。

色紙に書かれてた「秀華」さんの雅号の「秀」に、草かんむりをたすと、莠。

別名、ネコじゃらし、になるんだ。

エピローグ

帰りの電車のなか、ドッと疲れた顔をしてる、おれたち。

マガツ鬼の迷路から脱出するのも手まどったが、後始末も手がかかった。

あの後、警備員がバタバタ入ってきて、まわりの客に事情聴取を始めた。

「タヌキに化かされた」と、みんな口をそろえて言っていたが、警備員は首をひねるばかり。

そりゃそうだ。タヌキが口から黒札飛ばして、作品をメチャクチャにしたなんて、その場で見てたって、信じられないだろう。

おれたちはその隙に、こっそり、書きかえられた作品を元に戻してまわった。

で。

「龍が、やかましくしゃべってたのは、アレ、どういう書きかえだったんだ？」

となりの座席のモモは、ウンとうなずく。

「もともとの作品は、『**龍**』って字だったんだと思うんだ。でね、マガツ鬼は、『**龍**』を四つ重ねた字にしちゃったの。𪚥っていう漢字で、意味は『言葉が多い』」

「だから、四匹の龍が、やかましくしゃべってたのか」

「うん。ちなみに、六十四画もあって、日本の漢字でイチバン画数が多いらしいよ」

「へぇ、なるほどな。——じゃあ、あの、イモムシがごろごろ出てきてたヤツは？」

「あれは、『春』っていう作品に、『虫』のパーツを二個たして、蠢。蠢くっていう字ね。だから、あんなにイモムシがわさわさ出てきたんだよ」

「そういうことか」

ナットクだ。

マガツ鬼にイタズラされた作品は、ぜんぶ元にもどしたが、モモのあこがれの秀華先生の作品だけは、ネコの姿のときに紙を破られてしまって、修復不可能だった。

「あんなすてきな作品が、ダメになっちゃったなんて……」

モモは、はああ、と深いため息をつく。

その秀華先生は、いつのまにか姿を消してしまって、見当たらなかった。

モモを助けてくれた礼を言いたかったんだが、おれは結局、一度も「モモのアコガレの人」の姿を見ることができなかった。

「でも、作品は見たには見たし、本人にも会えたんだろ？　書道続けてれば、また機会があるさ」

「うん……。でもわたし、秀華さんに、ミコトバの術使ってるトコ、見られちゃったんだ。どうしよう。もし会えたとしても、なんて説明していいのか……」

「ああ──。参ったな。でもあの状況じゃしかたなかったもんな。ヒミツにしてくれって、頼みこむしかないだろ」

「うん」

夕方の日ざしを揺らして、電車はのんびり走っている。

「そういえば、矢神くん、あのマガツ鬼の迷路、術なしでどうやって脱出したの？」

「ああ、アレな。モモの言ってた、左手でカベをたどるって方法だと、迷路が立体だったり、出口が外壁沿いにないヤツだと対応できないんだが──。その応用だ。通った通路に印を残して、行き止まりに当たるたび、分岐点に戻る。通路は、行きと戻りの二回しか通らない。そのルールをくりかえすと、いつかゴールに着く。時間はかかるが、確実な方法だ」

「そっか。さすが矢神くん——、」

言いかけたモモが、思いついたように、一度口をつぐんだ。

「ちょっと待って。わたし、美術館から出るとき、床が黒い汚れまみれになってたの、なんだろうって思ったんだけど。もしかしてアレ、」

「おれが、墨で線ひきながら走ったからだな」

「ええっ!?　新築のキレイな美術館だったのにっ」

「しょうがないだろ。モモがマガツ鬼に襲われてるかもと思うと、気が気じゃなかったんだ」

主さまがマガツ鬼と戦ってるのに、文房師がそばにいないなんて、パートナー失格だ。

「間に合わなくて、悪かった。……でも、よかった。おまえが無事でいてくれて」

笑って、モモの髪の毛に手を置く。くしゃっとなでると、モモの顔が真っ赤に染まっていく。

それを見たら、なんだかおれまで恥ずかしくなって、あわてて手をどかした。

車体が大きく揺れ、電車が停まった。

ここで、おれは路線を乗りかえ、そのまま里帰りだ。

……ほんの数日だけど、離れ離れか。

改札を出たところで、心配でどうしようもなくなり、おれは足を止めた。

「あ、そっか。矢神くん、ここでバイバイだよね。今日はホントにありがとう。すっごく助かった。あの、今度お礼に、またクッキーとか焼いてくるね」

モモは照れながら、ぼそぼそと話す。

うつむくモモの、長いまつげ。ピンク色に染まったほほ。

また、地味じゃないモモが出てきた。

「……………モモ。おれがいない間、なるべく外出すんな」

「はっ？」

モモは目をまん丸に見開く。

「いや、家にいても心配だな。おまえ、なるべく両親といろよ。どうしてもって時は、一之瀬とか牧野を呼べ。いや、牧野じゃ不安だな。宇田川がいい。夏海は……、あいつはやめとけ」

「へっ？」

「携帯とか持ってれば、まだ安心なんだが。ほら、位置情報とか分かる機能あるだろ？ 里から支給してもらうか。ハジメ兄に頼んで、すぐに送ってもらうから、」

ぽかん、と口を開けたモモ。

常に連絡をとれる手段さえカクホしてれば、おれの気も、ちょっとは休まる。

万が一、モモがマガツ鬼に襲われるようなコトがあったとしても、位置が分かれば、すぐに駆けつけられるだろう。

そう説得しようと、前のめりに口を開いたところで、背後から何者かに、後ろ頭を思いっきりひっぱたかれた。

「匠！　主さまに無礼です！」

「なっ、ダレだっ！」

振りかえった、そのとたん。おれの体は、一気に凍りついた。

そこに、文鎮を片手に立ちはだかる、若い女。

腰まで届く、長い黒髪。ぎらりと鋭い、ケモノでも射殺しそうな、するどい瞳。意志の強そうな、……いや、底意地の悪そうな、薄い笑みを浮かべたくちびる。

「…………なっ、なんで、こんなトコに……！」

「秀華さん！」

モモが、花が咲くような声をあげた。

「「えっ!?」」

おれたちは顔を見合わせる。

う、うそだろ。だって、このヒトは——。

「そうよ、匠。わたしが『秀華』です」

秀華さん、いや、おれの姉さんは、極寒の目でおれをなじったあと、モモに温かい視線を向けた。

「本名は、矢神史です。矢神五兄弟の、二番目なの。雅号は、文房師としての営業のお役目用と、個人的なシュミ用と、いくつか使い分けていてね。『秀華』はそのうちの、ひとつ。今回は、里の四宝を書道家の先生がたに売りこむ仕事だったのよ。里も、資金がないと運営できないからね」

開いた口のふさがらないモモの前に、姉さん——史姉は、スッと片ヒザを折る。

「矢神史、あなたの書道に対する情熱と勇気に、感服いたしました。どうぞこれから、里を、我ら文房師をよろしくお導きくださいませ。——**我らが、主さま**」

えっ、とモモの発した、小さな声。

モモはよろりと後ろに足をひいた。

「えええええっ!?」

モモの絶叫。

おれはようやく我をとり戻して、よろめいたモモの背中を受けとめた。


「なんでフキゲンなのよ、匠」

モモと別れたあと、おれは史姉の車に強制的に同乗させられ、里へ一直線だ。

「いや、モモがずいぶん、史姉にキラキラしてたなぁと思って」

「ホホホ、モモさん、わたしがアコガレなんですってね。嬉しいわ。主さまにそんなふうに思ってもらえるなんて、里のみんなにジマンしなきゃ」

人を見透かすような視線でじぃっと見つめられる。おれは、史姉のこの目が、少しニガテだ。

「匠も、主さまにアコガレられるような男にならなきゃダメよ」

「分かってるよ」

憮然と言い返すと、史姉はくちびるだけで笑い、車窓のむこう、冬の夕暮れの空を眺めた。

「モモさんがピンチのときに匠の名前を呼ぶまで、わたし、モモさんが主さまって気づいてなかったのよ。兄さんから、主さまは優しい女の子だって聞いてたでしょう？　優しい主なんて、こんなキケンなお役目、大丈夫なのかしらって思ったけど。……でも、書を守るために、丸腰でマガツ鬼の前に飛びだした、あのお姿。お仕えのしがいがあるわね」

「当たりまえだろ。おれの主さまだ」

「おれの、ね」

史姉は、もう一度笑った。

車は静かに高速道路を滑っていく。

ピンチのとき、モモが、おれを呼んだ――。

そうか。

胸になにか、じわっと温かいような、こそばゆいようなモノが広がった。
──里の仕事を終えたら、さっさと帰ろう。
おれの主さまのところに。モモのところに。

ちょうきち
超吉ガール
番外編・空とぶ神通力の旅
遠藤まり
絵／ふじつか雪
I'll be King

茅野歩美

燈子のクラスメイト。
クールで成績優秀。

水戸瀬燈子

中１の女の子。
ご朱印を集めている。

倉橋夏織

燈子のクラスメイト。
夢はアイドルか声優。

大地

燈子が小学校のときのクラスメイト。

コノミ

修行中のキツネの子。
神様に仕えるのが夢！

ルカ

コノミのお師匠様。
山の神様に仕えている。

ご朱印って？

◆神社やお寺にお参りしました、という参拝の証。
印と筆文字がいっしょになっていることが多いよ。

ご朱印帳って？

◆ご朱印を記してもらう帳面。
中のページは、屏風みたいに折りたたんだ、１枚の紙になっているよ。

超吉って？

◆燈子が引いた、スペシャルなおみくじ。
超ラッキーになれるんだって！

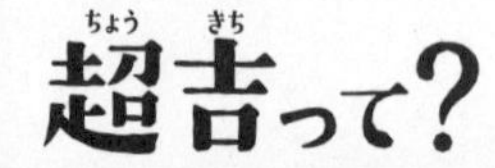

←次のページから、はじまるよ！

1 超吉ミラクル!?

中学一年生の水戸瀬燈子には、友だちにも、家族にも、だれにも言えないヒミツがある。

一つ、神社で大吉よりもすごい『超吉おみくじ』を引いて、不思議な力＝『術』が使えるようになったこと。

二つ、キツネの女の子・コノミの相棒になり、ふたりで神社をめぐって、参拝の証「ご朱印」集めの修行をしていること。

三つ、コノミのご朱印帳は、神さまに仕える『眷属』になるための特別なご朱印帳で、それを狙うものたちと人知れず、戦っていること。

「ご朱印帳は、渡しません！　**みずと、ときの、みとこ！**」

呪文をとなえながら、燈子が手をたたくと——

ざっぱーん！

バケツをひっくり返したような、大量の水が、男の頭に降りそそいだ。

「じゃじゃ馬娘め！　ご朱印帳を渡せぇええええ！」

「ワタシは馬じゃなくて、キツネです！　**コン、コン、コノミ！**」

おかっぱ頭の女の子・コノミがずぶ濡れになった男の目の前でパン！　と手をたたく。

すると、男は「ぐ～……ぐぅ～～～」と、その場でこてん、と眠りはじめてしまった。

「ふぅ……ねむねむの術、なんとか効きました～！」

「良かった～。サングラスかけてるし、舌打ちするし、怖かったね」

ちゃんと眠っているかな？　燈子が男の顔をのぞきこむと、ポン！　と音を立てて、男は元のすがた――タヌキのすがたにもどってしまう。

学校の友だちとの待ち合わせ場所に向かう燈子とコノミの前に、

「キツネのご朱印帳をよこせ！」

と、立ちふさがった、コワいオジサン。

その正体は、女子中学生の燈子でも抱き上げられるくらいの大きさをしたタヌキ。

「このままここに置いていくの？」

「はい。ワタシたちは待ち合わせ場所に急ぎましょう！」

「そうだね。バトルに時間かかっちゃったから、ギリギリかも……」


「お、覚えてりょよ……オレの野望は、ふみぇ、不滅……だ」

待ち合わせ場所へと向かうため、タヌキにせなかを向けた燈子たちは気づかなかった。

公園のすみっこで眠りこけるタヌキが、夢の中でも復讐の炎を燃やしていたことに。


十分後、燈子とコノミは、クラスメイトと約束していた駅の改札口へと到着した。

「燈子〜〜〜っ、あ、コノミちゃんも来たんだ〜！」

大きな瞳の女の子が、燈子に向かって、手をふっている。

彼女の名前は倉橋夏織。アイドル・声優を目指す、明るく、マイペースなクラスメイト。

「はい。ワタシも英語、しゃべれるようになりたいのです！」

コノミがうなずくと、夏織のとなりに立つ黒髪の女の子・茅野歩美がふふっと笑う。

口数は少ないけれど、言うときはハッキリと言う。

ちょっとクールで、とても物知り。歩美は頼りになる、お姉さんタイプだ。

「勉強熱心ね。でも大歓迎よ」

二人はご朱印集めをきっかけに、ぐっと距離がちぢまった、燈子の友だち。

夏織と歩美、そしてコノミ。燈子は三人といっしょに神社をめぐり、ご朱印を集めている。


「ねーね～、次の神社、どこ行こっか～？　今度は遠くの神社に行きたいなあ～」

今日はクラスで一番、成績優秀な歩美が、勉強のコツを教えてくれる、勉強会の日。

「夏織、それは勉強が終わってからの話よ」

自習ＯＫなカフェに入り、燈子たちはサンドイッチをつまみつつ、英語の復習を開始する。

「I am Mr. King. You are Haruna?　はい、夏織、訳して」

「えーっと、**わしは王様じゃ。お前はハルナじゃな？**　かなあ」

「このおじさんは王様じゃないわよ？」

歩美がため息をつくと、夏織が「え～っ!?　なんで!?」と頬をふくらませる。

「キングはおじさんの名字。**私はミスターキングです。あなたがハルナさんですね？**　よ」

「なにそれ、キングややこしいよー！　タナカとかスズキとか、ふつうの名字にしてよー！」

「教科書にケチつけないの！　はい、次！」

歩美の指導で、どんどん一学期の復習を進めていく。

「ねえ歩美、この単語なんだけど……」

「あ、これはね……」

燈子が質問すると、歩美はとても丁寧に教えてくれる。

分からなくて、ずっと「？」だったところが、減っていく。

(恥ずかしがらずに、もっと前から、歩美に聞けば良かった……)

授業が終わったら、また明日。超吉おみくじを引いた燈子がコノミと出会い、ご朱印集めをはじめるまで、燈子、夏織、歩美は学校の中だけの友だちだった。

放課後、いっしょに神社をめぐったり、お休みの日に三人で出かけたり……。

今はもう、こうやって過ごせる友だちになれた。

教えてもらったことをメモしながら、燈子はすぎ去って行った中学一年の一学期を惜しんだ。


二時間後。

「いっぱい勉強したね～！　あたし、頭から煙が出そう～～～」

「イエス、ワタシも賢くなれた気がします！」

「みんな、家に帰った後、ちゃんと復習するのよ？」

みっちり勉強した燈子たちはカフェを出て、近くにある本屋さんへと向かう。

次に行く神社を決めるため、観光ガイドブックを探しに行くのだ。


「あ、とーこさん！　あそこでなにかやってますよ！」

先頭を歩くコノミが指さしたのは、駅ビルの会社が主催する抽選会だった。

「駅ビルでの買い物三千円につき、一回抽選に参加出来るみたいよ」

「じゃあ、さっきのカフェのレシートで、一回引けるじゃん！」

行っておいでよ～、と夏織が燈子のせなかをトンとたたいた。

「え、でも、私、こういうのはいつもティッシュだから」

「こういうのはティッシュなのが、ふつうなのよ」

夏織の横で歩美がうんうん、とうなずいている。

（三千円でティッシュって……責任重大だよー！）

カフェのレシートをにぎりしめ、燈子がおろおろしていると、コノミと目が合った。

「とーこさんなら、ぜったい大丈夫です！　超吉パワーを信じてください！」

目をキラキラと輝かせて、コノミはガッツポーズを取る。

（なにが、ぜったい大丈夫なの……？）

行くしかない空気に押され、燈子はしぶしぶ抽選会受付の前に立つ。

「三千円分のご利用ですね。一回まわしてください」

抽選スタッフのお姉さんが笑顔のまま、燈子を八角形の赤い木箱――ガラポンの前へと案内する。

表面についている取っ手をにぎりしめて、燈子はゆっくりと、ガラポンを回す。


ガラガラガラ……トンッ。


出てきた玉は、透明なビー玉。

燈子は目をこらして、じっと見つめる。

大当たりなら、金色や銀色の玉が出て来るはず。

（透明な玉、ハズレかなあ……？）

「おめでと〜ございますっっ！　特賞、特賞が出ました〜〜〜〜っ！」

お姉さんの声と鐘の音が、燈子の頭上にふり注ぐ。

「と、とくしょう……？」

「一等賞よりもすごい賞、超大当たりです！」

「うぇぇえええええええっ!?」

お姉さんの言葉に燈子が目を丸くしていると、

夏織と歩美が飛びついてくる。

コノミもVサインを突き出して、ニッコリ。

「燈子、すご〜〜〜〜〜〜い！」

「びっくりだわ！」

「やりましたね、とーこさんっ！　超吉パワーさくれつですっ！」

大喜びする三人に、「待って」と燈子は手をつき出す。

「特賞って、一体なにが当たったの？」

「『自然豊かな茨城県　ログハウス宿泊チケット』です」

燈子の疑問にスタッフのお姉さんが答えると、歩美の目がキランと輝いた。

「茨城県の神社といえば、鹿島神宮ね！」

「かしまじんぐう？」

「二千年以上の歴史を持つ神社よ。鹿島神宮に行くなら、息栖神社と香取神宮にも行って、東国三社のご朱印を集めましょうよ！」

「に、二千年以上の歴史……！　ワタシ、そのご朱印、とっても欲しいです！」

「三つ集めたら、超ご利益ありそうじゃん！　次のご朱印めぐりはそこで決まりだね！」

はり切る歩美、うっとりするコノミ、はしゃぐ夏織……。

(つまりこれって、ログハウスにみんなでお泊まり会に行くってことだよね？　みんなといっしよに神社をめぐって、ご飯を作って食べたりするんだよね？)

お泊まり会――夏織と歩美、そしてコノミと行く、初めての旅行。

（ずっといっしょにいて、ケンカとかしちゃわないかな？）

心配症な燈子は、ちょっとハラハラ。

けれど、それ以上に『お泊まり会』という響きにワクワクする。

「とーこさん、とーこさん！　ワタシ、海辺にあるステキな神社を知っているのです！　そこもぜひ、いっしょに行きましょーね！」

コノミがはしゃぎながら、燈子の手をつかむ。

ドキドキワクワクが、燈子の胸の中で、ふくらんでいく。

「うん、行こ、行こっ！　ご朱印いっぱい集めちゃおう！」

はしゃぐ燈子たちに「あ、あのね」と、スタッフのお姉さんが声をかけてくる。

「お友だち同士で行くのも、もちろんいいんだけれど、一人は大人の……みんなのうちのご家族を連れていくことが、条件になるの。あとログハウスまでは車か電車での移動になるから」

「それなら問題ありません！　ワタシのお師匠様……じゃなくて、パパが運転して行きまーす！」

お姉さんの言葉にコノミがすっと手をあげる。

コノミのパパ？　燈子がコノミの顔をのぞきこむと、コノミはニヤリと笑った。

「ルカ様の超★安全運転が火を噴くでーす！」

超ラッキーの連続……？

超吉パワーで燈子が引き当てた、ログハウスへのお泊まり旅行。

コノミのお師匠様である、ルカさんが燈子たちの保護者役を一手に引き受けてくれた。

ルカさんは、山の神さまにお仕えする『眷属』で、『神通力』という不思議な力を使って、たくさんの術を使うことが出来る。

ただ、外国から来たものが苦手で、オレンジよりもみかん、アメリカンチェリーよりもさくらんぼ、洋服よりも和服が好きと、妙なこだわりを持っている、ちょっと変わった人だけど。

特賞を当てた日から、十日後の土曜日。

燈子たちはルカさんが用意した車に乗って、茨城県にある大洗磯前神社へとやって来た。

「ほわわわわ〜〜〜〜っ！　海です、海ですよ〜〜〜〜！」

車を降りた燈子たちを出迎えたのは、潮の匂いと波の音。

みんなで鳥居まで走って行き、その真下に広がる景色を見渡す。

「海が見える神社なんて、とても新鮮ね！」

風でゆれる前髪をおさえ、歩美が満足げにうなずく。

大洗磯前神社は今から千百五十年以上前に創建された、歴史ある海辺の神社だ。

「うん、遠くに来たって感じ〜！　車の乗り心地もよかったし、サイコーだよ、ね？　燈子？」

「う、うん……」

青い海と地平線を見つめ、背伸びをしたり、深呼吸したり、のびのびする夏織たち。

その隙を見て、燈子はルカさんのもとへ走っていく。

「ルカさん、確認したいことがあるのですが！」

深緑色の着物と、ルカさんは今日も和服すがただ。

「はい、なんでしょう」

「あの、神通力、使いましたよね？」

駐車場に停めた白い車を指さして、燈子はルカさんをじっと見つめる。

「さあ、なんのことですか？」

しかし、ルカさんは、にこりとほほ笑み、首をかしげるだけ。

「使いましたよねっ！」

燈子はカバンから携帯電話を取りだし、時刻が表示された待ち受け画面をルカさんの目の前に突きつける。

「待ち合わせをした私たちが車に乗ったのは十時すぎで、今はまだ十時半ですよ」

「おどろくほど、道路が空いていたんですよ」

「どんなに空いていたって、都心からここまで三十分じゃ着けませーんっ！」

ルカさんの車の運転は、確かに乗り心地がよかった。

車に乗るとすぐ、みんながみんな、ぐっすり眠ってしまうくらいに。

そして気づいたら、目的地の大洗磯前神社に着いていた。たった三十分で。

「ワープ、しましたよね？」

『眷属』であるルカさんは、優秀な神通力の使い手だ。

眷属になるため、修行中のコノミや、その相棒となって、かんたんな『術』が使えるようになった燈子よりも、すごい術を使うことが出来る。

だから、ルカさんにとって車ごと、どこか遠くへワープさせることも、きっと朝飯前。

「まあまあ、とーこさん。転移の術はキケンな術じゃありませんから、ね？　ルカ様！」

にらみ合う燈子とルカさんの元へやって来たコノミが、真実をポロリ。

「ほらやっぱり、テンイの術っていうワープを使っているんじゃないですかー！」

(私たちをねむねむの術で眠らせて、転移の術で車ごとワープしたんだ……！)

両手はほっぺ、口はあんぐり。

ムンクの叫びポーズを取る燈子に向かって、コノミがOKサインを突き出す。

「とーこさん、大丈夫ですって、夏織さんも歩美さんも気づいていませんから」

「そのうちバレるよ。車に乗って、急に眠くなったら、目的地についているんだよ？　そもそもルカさんって、免許証、持っているんですか？」

「はい。そうでなければ、レンタカーショップから車を借りることは出来ませんから」

ルカさんはうなずくと、着物の懐からお財布を、その中から免許証を取りだす。

お父さんやお母さんが持っているのと同じ、本物の免許証。


『**藤宮　瑠禍　平成30年11月30日まで有効**』


（た、確かに……でも免許証って、人間じゃない、神さま関係者の眷属でも取れるんだ）

燈子はおどろいたまま、免許証をルカさんに返す。

不思議な力・神通力で一気にワープしてたけれど、ルカさんも、車の運転は出来るらしい。

燈子はほっと胸をなで下ろす。

「とーこさん。今日は大洗、明日は鹿島神宮、息栖神社、香取神宮と三つの神社をまわるのです。ちょっとの距離のワープくらい目をつぶりましょうよ、ね？」

上目づかいで燈子を見上げ、コノミが右目を閉じた、その時。

「燈子～！　コノミちゃ～ん！　お参りして、ご朱印もらおうよ～～～！」

なにも知らない夏織が、燈子たちを手招いた。


お参りをして、波の模様がきれいなお守りも買って、そして、ご朱印もいただいて。

燈子たちは長い石段をおりて、大洗磯前神社に広がる海辺へやって来た。

海辺の岩場に建つ鳥居――神磯を指さして、歩美が神社の由来を話してくれる。

「あの岩場に、この神社の神さまが降り立ったと言われているわ。毎年、元旦になると神磯の初日の出を拝もうと、たくさんの人が集まるそうよ」

「歩美って東京以外の神社にも詳しいんだね……」

「ちゃんと予習して来たの」

「予習って、歩美、それじゃ勉強みたいだよ～！」

顔を見合わせて、燈子たちは笑いあう。


スカートがぬれないように気をつけながら、みんなで砂利だらけの浜辺を歩く。

「あれ……？」

ふと視線を感じた燈子が右ななめ前に顔を向けると、自分を見ていた男の子と目が合った。

「うそっ!?」

思わず、叫んでしまった。

少し離れた場所から自分を見ていた男の子は、幼稚園・小学校がいっしょだった燈子の幼なじみ・橋塚大地。

燈子が小学生の時からずっと、大好きな男の子。

小学校を卒業した後は、しばらく音信不通だったけれど、ついこの間、ばったり再会した。

大地は、将来はプロ選手、とウワサされるくらい、サッカーが上手なのだ。

中学からは別々の学校へ行くようになり、小学生までのように毎日は会えなくなってしまった。

だから、いつだって会いたい——燈子はそう思っている。

さっきの大洗磯前神社でお参りした時も**「大地とまた会えますように」**と、神さまにお願いした。そうしたら。

「あ、やっぱり水戸瀬と水戸瀬の学校の人たちだ」

さらさらの髪を潮風に遊ばせながら、Tシャツにジーパンすがたの大地が近づいてくる。

（か、神様！　お願い聞いてくれるの、早すぎます……!!　嬉しいけど！）

予想外の鉢合わせに、燈子の心臓はドキドキバクバク。

なんて声をかけよう？

言葉を探す燈子の代わりに最初の挨拶をしたのは、夏織だった。

「こんにちはー！　大地くん、偶然だね〜」

「ここ、俺の母さんの田舎なんだ。水戸瀬たちはどうしてここに？」

「燈子がね、抽選で特賞の旅行チケットを当ててしまったの。それでせっかく近くに行くんだから、と思って、ご朱印をもらいにそこの神社に、ね？」


（あわわわわわわ！　なにを話そう？）


頭の中が真っ白になる燈子のわき腹を、歩美がひじで軽くつついた。

「水戸瀬が特賞！　すごいな！　それにみんなでご朱印を集めてるって、前に言ってたもんな。あ、この前は試合を見に来てくれて、ありがとうな」

「う、ううん！　大地、とってもカッコよかった！」

夏休みに入ってすぐ、燈子たちが通う石ノ橋学園サッカー部と、大地が通う暁月学園サッカー部の練習試合が行われた。

その試合で大地は相手のパスを止めたり、決勝点を決めたり……大活躍だった。

目を閉じれば、まぶたの裏にあの日の大地のすがたを、思い出せる。

「大地の勇姿に感動したよ！　すごかったよ、もうグッと来ちゃった！」

まだ「大好き」って、伝える勇気は出ないけれど。

両手をぎゅっとにぎりしめて、燈子はありったけの気持ちを大地に伝える。


「あ、うん……」

大地はうなずいて、ぱっと口元をおおいかくす。

心地よいけれど、くすぐったい沈黙が燈子たちの間に広がっていく。

寄せてはかえす波が、浜辺にしきつめられた石をじゃらじゃらと鳴らしている。

波と石の音が聞こえるたび、大地の顔が赤くなっていく。

それに合わせて燈子の顔も、熱くなっていく。

(伝えたいこと、言いすぎちゃったかな……？)

燈子の胸のドキドキが、ハラハラに変わりはじめようとした時、大地が嬉しそうに笑った。

「あ、ありがと……だからまた、応援に来てくれよな。もちろん水戸瀬の友だちもいっしょに」

「もちろんよ」

「もうすぐあたしたちの学校で学園祭があるから、大地くんもぜひ来てね〜」

まわれ右をして「じゃ、また」と手をあげる大地に向かって、燈子も「またね」と手をふって見送る。

小さくなっていく大地のせなか。思いがけない再会に、燈子がぼう然としていると。

「旅行先で大地くんと会えるなんてね」

「燈子、超ラッキーじゃん！」

夏織と歩美が、燈子のせなかを優しくたたいてくれた。


(大地と会えたのって、神さまと超吉おみくじの力なのかな？)

手首のおみくじブレスレットを見つめたまま、燈子はショッピングカートを押す。

大地と別れた後、燈子たちは車で近くのスーパーへと移動――ワープした。

「ルカさんの運転はすごいな〜。あたしのパパとママも見習ってほしいよ」

「うん、ぐっすりだったね……」

あはは、と笑って、燈子は夏織から目をそらす。

(夏織、歩美、聞いて聞いて！　ルカさんはね、みんなを眠らせて、神通力を使って移動しているだけなんだよ！)

そう打ち明けたい。今すぐ言いたい。

でもそうすると、コノミとのこととか、ご朱印を集めている本当の目的とか、ヒミツを全部話さなくちゃいけないから、言えない。

売り場のまん中でカートの持ち手をにぎりしめ、思い悩んでいると、「燈子」と、歩美が燈子を手招いた。

「今日の晩ご飯の献立を考えるわよ」

「車を出してくれた、ルカさんに感謝の気持ちをこめて、ご飯を作るんだよね〜？」

「そうよ。コノミちゃん、ルカさんの好きな食べ物と嫌いな食べ物は？」

「好きなものは和食全般ですね。嫌いなのはそれ以外、全部ってカンジです」

「え？　じゃあ、パスタとかラーメンは〜？」

「ちゃぶ台をひっくり返すくらい、嫌がるレベルですね」

どれだけイヤなの……!?

燈子たちはだれともなしに顔を見合わせる。

「じゃあ、和食にしましょう。ご飯、お味噌汁、それから……燈子と夏織はなにを作るの？」

「和食だと、かぼちゃの煮物なら……」

水200ccにしょうゆ、みりん、お酒、砂糖が大さじ2ずつ。

煮物のレシピを思い出す燈子の横で、夏織が得意げな表情で手をあげる。

「あたしはね、ちくわにチーズを入れた、ちくわチーズ」

「ちくわチーズ……。コノミちゃん、ルカさんはチーズ、大丈夫そう？」

「はい。ちくわチーズって、ちくわの中にチーズが隠れているんですよね？　それくらいなら、だまっていれば、大丈夫だと思います」

ルカさんが嫌いな料理を出して、ちゃぶ台をひっくり返させてはならない！

燈子たちが頭を突き合わせていると、コノミが鮮魚コーナーを指さす。

「無難な献立は、魚料理だと思います」

「じゃあ、コノミちゃん、お刺身ってどうかな～？」

「う、夏織さん、すみません。昨日の夜ご飯がお刺身でした……」

「じゃあ、ブリの照り焼きにしましょう」

申し訳なさそうな顔をするコノミの肩をたたき、歩美が鮮魚コーナーへと近づいていく。

「ブ、ブリの照り焼きぃ～？　難しそうじゃん！」

「フライパンで両面をさっと焼いて、しょうゆ、みりん、酒で味つけして完成だから、大丈夫」

「そうなのかな〜？　こっちに味つけしてある魚もあるみたいだけど」

「大洗は漁港よ！　ここに来て、新鮮なお魚を食べずになにを食べるっていうの!?」

切り身パックを突き出して、ピシャリと言いきる歩美。

その後ろで店員のおじさんが「その通り！」と言うように、何度もうなずいている。

「歩美の熱血スイッチって、神社トークだけじゃないみたいだね〜」

「うん、料理が得意なのかも……」

かぼちゃ、おとうふ、明日の朝ご飯の納豆と卵。

歩美は生き生きとした表情で、燈子たちの先頭に立って買い物を進めていった。

3 ログハウスの一夜

天井が高くて、寝室が三つもあるログハウス。そこが今日の宿泊先。

玄関を開けた燈子たちを、独特の木の匂いが歓迎してくれる。

「うわ〜〜〜〜〜！　広ぉ〜〜〜〜〜〜い！　ふつうに泊まったら、とても高そう！」

「これも超吉パワー……じゃなくて、とーこさんのおかげですよー！」

はしゃぐ夏織とコノミがログハウスの探検をはじめる。

あの二人、姉妹みたい。そう思いつつ、燈子はスーパーで買ったものをキッチンへと運ぶ。

「ねえ、歩美。お米は一キロで足りるのかな？」

「お米一キロで六〜七合ぶん。お茶碗二杯で一合ちょっとだから、大丈夫。おかわりも余裕よ」

キャリーバッグから取り出したフライパンを片手に歩美が、グッ！　と親指を立てる。

「歩美って、料理に詳しいんだね」

「私はお父さんと二人暮らしだし、子役時代に料理番組に出て、ちょっと、ね」

ごめんね、それ以上は話したくないの。そう言う代わりに歩美は小首をかしげて見せる。

数年前まで、よくテレビに出ていた天才子役・アミーこと茅野あみ。

それが数年前まで芸能活動していた歩美の、もう一つの名前。

有名人じゃなくて、ふつうの女の子になりたい――歩美自身の考えの変化や複雑な事情が色々からみあって、歩美は一年半前、芸能界を引退した。

少し前までは燈子たちにもヒミツにしていた過去。

必要以上に聞くことは、まだ出来ない。

「さ、はじめましょう。夏織、コノミちゃん、手伝ってー！」

キッチンのカウンターから身を乗り出して、歩美が夏織たちを呼び寄せた。


煮立ったなべにかぼちゃを入れ、アルミホイルの落としぶたをして、あとは弱火で十五分。

「わ、コノミ。さいの目切り、とても上手だね」

煮物の準備を終えた燈子が、お味噌汁のおとうふをさいの目に切るコノミに声をかけると――

パチパチパチィッ！

フライパンから飛び出た油が、あちこちに弾け飛んでいく。

「ひょえ〜〜〜〜！　歩美ぃ、ブリを入れたら油がはね出して、あちちち、だよ〜！」

「夏織、フライパンに入れる前、切り身の水気を軽くキッチンペーパーでふいた？」

歩美の言葉に「あっ」と、夏織はぺろっと舌を出す。

「夏織、ちょっと代わって」

フライパンから弾け飛ぶ、組み合わせ最悪な水と油。

コンロの前に立った歩美も「あっつ」と、コンロから距離を取っている。

歩美の手や腕にも油が飛んでいるらしい。

歩美は「これくらい大丈夫よ」と言っているけれど、眉間にしわが寄っている。

（歩美、がんばって……！）

「やけどに気をつけてね」と、声をかけつつ、燈子には歩美を見守ることしかできない。ブリの両面をさっと焼き、混ぜた調味料をフライパンに流しこむと、油たちはやっとおとなしくなった。

ほっと息をつく歩美の横で、涙目の夏織が両手を合わせた。

「ご、ごめんね……歩美ぃ～」

「いいのよ、これくらいのこと。料理では、よくあることなんだから」

歩美が腕や手首のあたりをさすっていると、

「これを使うといいですよ」

と、後ろから男の人の声が聞こえてきた。

「ルカさん」

「やけどによく効く、塗り薬です……」

ルカさんがキッチンのカウンターの上に置いた青い容器には、塗り薬がたっぷり入っていた。

ちょっとしたトラブルがあったけれど、夜ご飯作りは大成功だった。

ルカさんは、ちゃぶ台――テーブルをひっくり返すことなく、燈子たちが作ったブリ照り、お味噌汁、かぼちゃの煮物を美味しそうに食べてくれた。

「……これは、初めて見ました」

夏織が作ったちくわチーズにだけ、少し戸惑っていたけれど、「おしょうゆにつけて食べるんだよ～」と、夏織が教えたら、ちゃんと食べてくれた。


「ルカさんの塗り薬、すごい効果だわ。もう痛くないし、腫れもひいちゃったわ」

食器の片づけをしながら、歩美が笑顔で利き手の腕を見せてくれた。

夏織と歩美が塗っていた、半透明の塗り薬。

「良かった～」と、答えた燈子は「あれは何の薬だったの？」と、コノミにこっそり聞いてみる。

「あれはですね、ウリュウの油なんです……」

「ウリュウ？」

「雨の龍って書いて、ウリュウです。天狗の商人さんから買ったお薬なんです」

「天狗の商人……じゃああれって、薬屋さんで売ってる薬じゃないの？」

「はい。空でも山でも、神出鬼没の天狗の商人さんからでないと買えない逸品なのです」

漢方を売っている薬局で買ったのかな、と思っていたけれど、そうじゃなかった。

天狗の商人さんなんて、これまた不思議な存在が飛び出してきた。

(超吉おみくじを引いてから、人に化けるタヌキとか色々見てきているから、もうあまり驚かないんだけれど……)

平将門ことまさかど様とか、しゃべる獅子の像とか。

お茶碗をふきつつ、燈子はこれまで出会って来た不思議なものたちのことを思い出す。

「ねーね～燈子。さっきからルカさん、ずっと巻物を読んでいるんだけど、ルカさんって、何してる人なの～？」

テーブルをふいて来た夏織が、こっそりとルカさんを指さす。

ルカさんはフローリングの床に正座し、巻物を広げて読んでいる。

本ではなく、巻物。巻物を読む人なんて、子どもでも大人でもめったにいない。

なんて説明しよう？　迷う燈子の代わりにコノミが口を開いた。

「考古学者ですよ」

「こうこ、がくしゃ～？」

「はい。ルカさ……パパ様は昔の日本のことを調べる仕事をしているのです」

「へえ～、じゃあきっと頭いいんだね」

「はい。日本の歴史にとっても詳しいのです！　ね、とーこさん！」

「うん、夏織たちのことをね、私のご学友って言ったり、昔の言葉を色々知っているんだよ」

山の神さまに仕える眷属という仕事に就いているんだよ……とは言えない。

必要なうそだけれど、燈子の胸はチクリと痛む。

「そうなんだ～」

みんなでルカさんを見ていると、その視線に気づいたのか、ルカさんが顔をあげた。

「どうかされましたか？」

「ルカさんって、昔のことに色々詳しいんですね～」

「ええ、まあ……では、せっかくですから、ひとつ昔話をしましょうか？」

「昔話？」

はい、とうなずくルカさんの金色の瞳にいたずらな輝きが宿った。

燈子を真ん中にして、夏織、歩美がリビングのソファーに腰かけると、バチン！　という音と共に部屋が真っ暗になった。

「ひゃあ～！　まっくら！」

「え、なに!?」

だれかが部屋の電気を消したのだ。

暗闇の中、夏織と燈子は手を取り合う。

「これからパパ様がこわ～いお話をしてくれるので、ワタシが電気を消したのでーす！」

懐中電灯で自分の顔を照らし、コノミがニヤリと笑う。

「ど、どうして昔のお話が、コワい話をする流れになるのよ？」

燈子のせなかにじんわりと、広がるぬくもり――声を震わせた歩美も燈子にくっついている。

「まあまあ、そんなにコワい話じゃありません。大切なのは雰囲気づくりです。これから話す昔

話は今から七百年ほど前に記された、ハセオ草紙という絵巻のお話です」

床であぐらをかくルカさんが、身を乗り出し、低い声で語りはじめる。

「平安時代、ハセオという学者が朱雀門に棲む鬼からスゴロクの勝負を挑まれました。勝負に勝ったら、ハセオは絶世の美女を手に入れることが出来、負けたら全財産を鬼に奪われてしまう。そういう約束でハセオは鬼とスゴロク勝負をし、どうにか勝利をしました」

話の内容よりも懐中電灯に照らされるルカさんのほうが、断然コワい。

そう思う燈子の肩を、歩美がぎゅっとにぎりしめて来た。燈子もそっと手を重ねる。

(歩美、コワい話が苦手なのかも……)

そんなことは、つゆ知らず。ルカさんは笑顔のまま、語りつづける。

「数日後、美女を連れてやって来た鬼がハセオに忠告しました。この美女がどんなに美しく、心優しい人であっても、今日から百日間は決して触れてはならないと。そう言い残して、鬼は去って行きました。美女は気だてが良く、ハセオはあっという間に心を奪われてしまいました。そして鬼の忠告を無視し、美女の肩に手を乗せようとした瞬間……！」

ルカさんが声を強めた瞬間、燈子の手をぱっと離し、歩美が立ち上がった。

「わ、私、シャワーを浴びたいわ！　つづきはみんなで聞いて……」

「え～？　オチまで聞こうよ～。それでルカさん、女の人はどうなったんですか？」

「美女は水と化してしまいました。その美女は、鬼が墓場でたくさんの女性の骨を集めて作った人間だったんですよ。百日経てば、本当の人間になれる、生きている人形」

ひっ、と短く鋭い悲鳴が歩美の口からこぼれた。

「水になっちゃったんだ。お風呂場の蛇口からジョボジョボ～って、出てくるかも～？」

「や、やめてよ！　もう！」

ひひひ、と笑う夏織。歩美は悲鳴に似た声をあげる。

燈子が部屋の電気をつけると「じゃあ、お先に」と、歩美がリビングを出ていく。

うっすらとだけれど、歩美の瞳はうるんでいた。

「うん。いってらっしゃい」

(怖がらせちゃって、ごめんね……)

歩美のせなかを見送りながら、燈子は心の中で、手を合わせた。

キケンがいっぱい？　東国三社めぐり！

澄んだ空気、土のにおい、風が吹くと揺れる木々の葉。

力を合わせて作ったご飯を、みんなでいっしょに食べたり、怪談話にドキドキしたり。

たくさんの思い出作りをしたログハウスを出発して、燈子たちは鹿島神宮へとやって来た。


西暦がはじまるより、ずっと昔。

一番はじめの天皇・神武天皇の時代につくられたといわれる、大きな神社。

もちろんログハウスから鹿島神宮の間も、ルカさんの術――ワープで、ばびゅん！　だった。

「昨日から一度も渋滞に巻き込まれないなんて、いい感じのドライブよね」

「う、うんっ！　そうかな、そうだねっ！」

あざやかな朱色の門・楼門をくぐりながら、歩美が来た道をふり返る。

冷静に、知らんぷりしよう。そう燈子は思っているけれど、声がうわずってしまう。

（一番はじめにワープに気づくのは、歩美かも……！）

歩美はしっかり者だから、そろそろ勘づいたっておかしくない。

（夏織も歩美も、ルカさんの術に気づきませんように！）

ヒミツがバレたら、夏織と歩美を大変なことに巻きこんでしまう。

そうならないためにも、絶対にヒミツを守らなくちゃ――！

みんなで仲良くお参りをする中、燈子は強く、決意をかためた。


「鹿島神宮のご祭神・タケミカヅチノオオカミは、あとで行く香取神宮のご祭神・フツヌシノオオカミといっしょにオオクニヌシノミコトに国ゆずりの交渉をしたのよ」

「オオクニヌシノミコトって～？」

「ヤマタノオロチを退治したスサノオの血縁者よ。『日本書紀』ではスサノオの息子、『古事記』では子孫と言われているわ。タケミカヅチノオオカミはオオクニヌシノミコトと力くらべをして勝利し、国譲りを成就したのよ」

ご朱印をもらうのは、本殿の先にある奥宮のお参りをしてから。

左右を木々にはさまれた参道を進みながら、歩美が鹿島神宮の由来を教えてくれた。

「あっ！　みなさん、見てください、シカ！　シカですよ！」

「ほんとだ〜！　行ってみようよ〜！」

途中で見つけた鹿園に向かって、コノミと夏織がダッと走りだす。

「鹿島神宮の鹿はね、神様の使いで神鹿とも呼ばれているのよ。タケミカヅチノオオカミが奈良県にある春日大社に魂を分ける際、鹿の背に乗って、奈良へ向かったんですって」

そう語って、歩美は「かわいいわね」と、鹿にうっとり。

「ねえねえ、鹿にエサ、あげられるんだって〜！　みんなでやろうよ〜！」

みんなで鹿園の前に立ち、夏織が買ったエサを順番にあげていく。

大木の枝のようにたくましい、立派な角を持った鹿。くりっと大きな目をした鹿。

鹿園の中を走り回る子鹿……どの鹿も、とてもかわいい。

「ひょえ〜！　鹿の舌がぬるっとしましたー！」

「大丈夫だよ」

鹿にエサをあげ終えて、顔をあげた燈子は——ぎょっとした。

なぜなら鹿園の柵の陰から、こちらをじっと睨みつけるように見てくる、毛むくじゃらの動物と目が合ってしまったから。

（タ、タヌキだ……！）

アサガオの種のように小さくて、つり上がった目のタヌキ——見覚えがある。

それはこの前、燈子とコノミが力を合わせて、術で倒したタヌキことサングラスをかけたコワいオジサン。

コノミが持つ特別なご朱印帳を、まだ狙っているのだ。

（りょ、旅行中にまた襲ってくるつもりなの……!?）

夏織と歩美がいるのに——！

燈子の不安をあおるように、ざあっと音をたて、強い風が吹きぬけて行った。

威厳に満ちた文字で書かれた、本宮のご朱印と奥宮のご朱印。

鹿島神宮で二種類のご朱印をもらった燈子たちが、次にやって来たのは、息栖神社。

鹿島神宮・香取神宮とあわせて、利根川の下流域に鎮座する東国三社の一社となっている神社。

「ここは井戸がご祭神なの。ちょっと変わっているでしょう？」

「そうなんだ～。静かなところでいいね～～」

木もれ日がゆれる参道を、歩美と夏織が先に歩いていく。

その後を歩きながら、燈子とコノミはひそひそ声で作戦会議。

「とーこさん、感じてますか？」

「うん、タヌキの視線でしょ……これは来る、よね」

うしろからピリピリと感じる、イヤな視線。

ぞぞ、と冷たいなにかが、燈子のせなかをすべり落ちていく。

燈子はすがるように、おみくじブレスレットに手を当てる。

（どうかどうか、夏織と歩美を巻き込みませんように……！）

この旅が無事、終わりますように。燈子は息栖神社の神さまに必死に祈った。けれど──


「ようよう、待ってたぜぃ！　リベンジマッチと行こうじゃないか！　さあ、キツネのご朱印帳をとっととよこしな！」

赤い印章があざやかな、ご朱印をもらった後の帰り道。

来た道をもどる燈子たちの目の前に立ち塞がったのは、サングラスに蛍光ピンクのTシャツを着た、コワい雰囲気のオジサン。

「え、なに？　あの人〜？」

夏織はしばらくの間、オジサンを見つめていたけれど、ポンと手をたたいた。

「あの人、ミスターキングでしょ！　ほら、TシャツにIなんとかKingって書いてあるし！」

「違うわよ。あの場合はMr.が入っていないから、王様であっているわ。I'll be Kingは、私は王様になる！　ってこと……学校の授業では、まだやってないけれど、I'llには、なにになにするつもり、とか、なになにしようと思うって意味があるの」

「うへえ、英語ってムズカしいんだね〜」

オジサンのTシャツを指さしたまま、夏織は舌をまく。

そう。なによりも最悪だったのは、夏織と歩美にも、オジサンが目に見えている――結界が張られていないこと。

「ちょっとあなた、結界はどーしたんですかっ!?」

「そんなもん、いちいち張ってられっかよ！　めんどくせえ！」

結界とは、山の神さまが作ったご朱印帳をめぐる戦いに燈子とコノミ以外、つまりふつうの人たちが巻きこまれないためのバリア。

結界がなかったら、燈子とコノミはみんなの目の前で、不思議な力を使わなければならない。

ヒミツだって、バレてしまう。

（ど、どうしよう……!?）

コノミが持つご朱印帳を守りながら、夏織と歩美にヒミツがバレないように戦う。

そんなの絶対にムリだ。

ルカさんは駐車場で燈子たちの帰りを待っている。

鹿島神宮の帰りに、タヌキが来るかも……と、ルカさんに相談してみたけれど、

「これは修行の一環ですから、燈子さんとコノミが力を合わせて、乗り越えなければなりません」

と、コノミのパパではなく、お師匠様の顔で、そう言われてしまっていた。

でも今は、夏織と歩美を巻きこんだ、緊急事態。

声をあげて、ルカさんに助けを呼んでいいはず……けれど、距離があり過ぎる。

ルカさんが来るより先に、コノミのご朱印帳が奪われてしまうかも知れない。

（あとで手品だよって誤魔化して、術使っちゃう……？）

ぎゅっと拳をにぎり、燈子は目だけでちらりと、後ろに立つ夏織と歩美の様子をうかがう。

いきなり登場した、コワいオジサン。

夏織はおびえた表情で、歩美に体を寄せている。

けれど、歩美は――

「燈子、あの人はコノミちゃんのご朱印帳をねらっているの？」

「う、うん。えっとね……コノミのご朱印帳は、この世にひとつしかない、特別なものなの」

「限定品ってこと？」

「うん、そう。きっとあの人はどこかで限定品だと知って、狙って来たんだと思う」

キツネやタヌキ……動物が神さまに仕える眷属になるために、絶対必要なもの。

山の神さまが作った、不思議なご朱印帳ということは伏せて、燈子はそう説明する。

「なにガタガタ言ってんだ！　さっさとよこせっ！」

ガラガラ声でコワいオジサンが燈子たちに近づいてくる。

大またのガニまたで、ずんずんと。それだけでじゅうぶん、迫力がある。

歩美は「分かったわ」と答え、キッと、コワいオジサンをにらみつける。

「あんだよ、嬢ちゃん。なんか文句あんのかよ？」

コワいオジサンは舌打ちをして、歩美をギロリとにらみ返してくる。

「燈子、夏織、コノミちゃん。私が合図をしたら、ルカさんのところまで全力で走るのよ」

低く、小さな声で歩美は説明すると、オジサンの元へと歩いていく。

「ほらあ、早くご朱印帳を出せよ」

大また一歩分の距離をとって、歩美とコワいオジサンは足を止め、向かい合う。

カバンの中から自分のご朱印帳を取りだして、歩美はすっと、オジサンへご朱印帳をさし出す。

「あ、歩美……！」

「こ、これで……い、いいですか？」

今にも倒れてしまいそうなくらい、か細い声を震わせながら、歩美は頭を下げる。

オジサンは青いちりめん表紙のご朱印帳に視線を落としたけれど、すぐに顔をゆがませて――

「ざっつっつけんな！　オレが欲しいのは、オレの愛する姉さまが求めている、キツネの特別なご朱印帳なんだよぉッ！　嬢ちゃんのご朱印帳にキツネの絵が描いてあるかい？」

シャツにプリントされた『I'll be King』という文字を指さして、オジサンはドスのきいた声で、歩美を問いつめる。

「あ、ありません……」

「だろ？　だから、オレの愛のためにキツネのご朱印帳をよこせやぁああッ！」

「ひっ！　ふ、ふぇえええええええええんっ！　お父さ～～～んっ！」

怒鳴られて、どれだけ怖かっただろう？

歩美はうずくまり、泣きはじめてしまう。

「あ、歩美……！」

歩美のもとへ行こうと、燈子は足を踏みだす。

すると、歩美がちらりと燈子を見て、「んべっ」と舌を出した。

（う、うそ泣きだ――――っ！）

さすが元天才子役・アミー！

燈子たちもだまされてしまった。

「お、お～いおい、なにも泣くことねえじゃねえか。な？　な？」

そして、もちろんコワいオジサンも。

コワいオジサンは困り顔で歩美に近づき、両手を振ったり、さし出したり、まごついている。

「な、悪ぃ。言いすぎた。許してくれよ。な？」

歩美に一歩近づいたオジサンが、毛深い手を歩美の肩にのばした時——

スパンッ……どすんっ！

細くて白い歩美の脚がオジサンの足元にのび、コワいオジサンを足ばらい！

バランスを崩したオジサンは、その場にしりもちをついてしまった。

「みんな、今よっ！」

すっくと立ち上がった歩美が、燈子たちに向かって叫ぶ。

「歩美すご〜い！」

「アミー時代に身につけた、護身術よ！」

お尻をさするオジサンの横をすり抜けて、夏織と歩美がルカさんの待つ駐車場へと全速力で走って行く。

「あ、歩美さん……カ、カッコイイです！」

「うん……って、感心してる場合じゃないよ。これはチャンスだよ！」

夏織と歩美は今、燈子とコノミにせなかを向けている。

今なら、術を使っても、見られることはない。

「コノミ、いくよ！」

「もちのろんです！」

「……ってぇなあ。ナメた真似しやがって！」

コワいオジサンが立ち上がった。

燈子はズレたサングラスの下に見える、オジサンの小さな目をじっと見すえて、呪文を叫ぶ。

「みずと、ときの、みとこ！」

（この前、襲ってきた時よりも、たくさんの、激しい水を……！）

たとえるなら、激流の滝。

燈子は頭の中に激しい水の流れを思いえがきながら、手をたたく。

バッシャアアアアッ！

滝の真下にいるような、大量の水がオジサンの頭に、勢いよく降りそそぐ。

「ちゃんと結界を張ってから来てくださいい……っていうか、三度目の正直？　もうあなたの挑戦はノーサンキューで――す！　**コン、コン、コノミ！**」

コノミが手をたたくと、もくもくとした白い雲が、オジサンの顔をすっぽりとおおい隠した。

「おのれ、キツネめ！　どこだ！　どこへ行った!?」

わたあめのような雲の向こうから、コワいオジサンの怒声がする。

もちろんそれには答えずに、燈子とコノミも駐車場へ全速力で走っていく。

「燈子、なにしてんの、早く、早く！」

車のドアから身を乗り出して、歩美が燈子たちを手招く。

燈子はコノミを抱きあげて、助手席へと飛びこんだ。

「ルカさん、車、車出して！」

コワいオジサンが追いかけてくる前に！　パニック状態のまま、燈子はルカさんの腕をつかむ。

しかし、運転席にすわるルカさんは、表情を引きつらせたまま。

「分かっています。ですが、免許を取った五十年前の車と仕様がいろいろ変わっていまして……」

「えっ、五十年!?　五年前の冗談ですよね～？」

「もう！　今は冗談を言っている場合じゃないでしょ！」

ルカさんの声を聞いた夏織と歩美が、後部座席から顔を突き出してくる。

「………コノミ、頼みます」

「はい。ごめんなさい、みなさん。**コン、コン、コノミ！**」

燈子のひざにすわっていたコノミが身をよじり、二人の顔の目の前で手をたたく。

すると後部座席の夏織と歩美は、こてん……と眠りこけてしまう。

みんなを眠らせる、ねむねむの術を使ったんだ、と燈子は思った。

「あれ？　でも私だけ、起きてる」

燈子はおろおろとあたりを見回す。

コノミは後部座席にうつり、シートベルトをカチリ、と着用。

ルカさんは思いつめた表情で、車のエンジンを入れる。

「燈子さん、ちゃんとシートベルトをしめて、しっかりとつかまっていてくださいね」

「へ、えっ、えっ、ええ？　ワープするんじゃないんですか？」

「ワープ……いえ、転移の術を使うには、前もっての準備が必要なんです」

ブオォオオン、とイヤな音をたてて、エンジンがうなった。

「ひぃやぁあああああ――――っ！　やっぱりワープにしてくださ――――いっ！」

燈子の叫びは、乱暴なエンジン音と、悲鳴に似た急ブレーキ音たちにかき消されてしまった。

5 ご朱印に詰まっているもの

（し、死ぬかと思った……）

助手席で何度、ヒヤリとしただろう？

遊園地の絶叫マシンに乗っているような、恐怖の時間だった。

お腹の底がまだ、ぞくぞくしている。洟をすすり、涙をぬぐう。

「燈子、大丈夫？　車酔い、まだ治らなそう？」

香取神宮の本殿へと続く坂道をのぼる途中。

夏織が不安げな表情で燈子の顔をのぞきこんで来た。

「ううん、酔いはもう大丈夫なんだけど……帰りはどうなるのかなーって」

「あはは。燈子ったら心配性〜！　ルカさんの運転なんだから、大丈夫でしょ！」

「そうよ。私たちのために車を出してくれているんだから、あまり怒っちゃダメよ」

「夏織も歩美も寝てたから、笑っていられるんだよ！　ルカさんのさっきの運転、本気で怖かっ術でぐっすりだった夏織たちは、ルカさんが運転する車の怖さを知らない。

出来れば燈子も、もう二度と味わいたくないと思う。

(帰りはワープだよね……運転して帰るって言ったら、土下座してでもワープさせる！)

「でも燈子って、怒ると、と――――っっても怖いんだね～。ルカさん、凹んでたよ～？」

「あれはちょっと、言い過ぎましたってあとで謝っておいたほうがいいかもね」

あははと笑う夏織のとなりで、真面目な表情で歩美がうなずく。

ルカさんの運転でなんとか香取神宮に到着したあと。燈子は泣きべそをかきながら、ルカさんに懇願した。

ブランク長いなら、ちゃんとペーパードライバー用の訓練を受けてください、と。

二人は『一回の運転ミスを、燈子がめちゃくちゃ怒ってる』くらいにしか、思ってないけれど、燈子と同じ体験をしたら、きっと夏織と歩美も同じように怒るはず。

「とーこさん、きげん直してください。あとでみなさんと一緒に名物の草もちを食べましょう」

燈子と同じ体験をしたコノミが、燈子の左手をぎゅっとにぎって来る。

香取神宮と駐車場をつなぐ参道には、草もち屋さんがあった。

草もちだけでもよし、あんこをかけても、きなこをまぶしても、美味しい草もち。

「うん、うん。草もち、いっぱい食べる」

「そうだよ、怒りを忘れるまで食べればいいじゃん」

「美味しいものは、心をほっとさせてくれるわよ」

夏織と歩美が燈子のせなかを、優しくさすってくれた。

燈子はこくこく、とうなずきながら、朱色の楼門をくぐる。

ほうじ茶色をした、歴史を感じさせる建物が燈子たちの目の前にあらわれた。

「さっきはヘンな人に絡まれたけれど、無事に東国三社をめぐることが出来たわね」

「うん、歩美のおかげだよ」

「泣き出しちゃった時はビックリしたけど、超カッコよかったよ〜！」

「アミーだった時のことも、時々役に立つのね……」

燈子と夏織にほめられた歩美は、しんみりとした声で、そうつぶやく。

「そうだよ〜！　ねえ、今度、歩美が出演していたドラマとか映画、見てもいい？」

「え、ええ？」

「ほら、あたしさ、アイドルか声優、つまりタレントを目指しているじゃん？　だから大先輩の歩美の演技というかすがたを見ておきたいんだ〜」

「じ、じゃあ……今度ね。代表作を探しておくから」

少し苦しげで、ちょっと泣きそうな表情で、歩美はうなずく。

今日のことをふり返りながら、燈子たちはお参りの順番を待つ。

タヌキのコワいオジサンに迫られた時、ピンチを救ってくれたのは歩美だった。

子役時代の経験を生かした、歩美の機転がなかったら、コノミは大事なご朱印帳を奪われ、二人をタヌキとの戦いに巻き込んでいたと思う。

「歩美、本当にありがとう」

燈子が改めて、お礼を伝えると、お参りの番がまわって来た。

おさいせんを入れて、二礼二拍手。燈子はありったけの感謝の気持ちを神さまへ伝える。


——神さま、こんにちは。いっしょにご飯を作ったり、神社に行ったり、今回の旅行、とっても楽しかったです。どうかこれからも、みんなといっしょにいられますように。

目を開いて、顔をあげて。燈子は笑顔で神さまへ一礼した。

「ねえ、コノミ。一つだけ聞いてもいい？」

香取神宮のご朱印を無事にもらった帰り道。

ルカさんとの待ち合わせ場所・草もち屋さんを目指して歩く中、燈子はコノミに声をかける。

「あのね、今回ってルカさんのワープで神社まで来ちゃったでしょ？　ワープしてご朱印めぐりって、大丈夫なの？」

「う、実はあんまりよくないかも知れないです。でも、思い出がこめられているから、大丈夫だと思います」

「思い出？」

「はい、思い出です」

コノミはうなずいて、大事そうに抱えていたご朱印帳のページを開く。

昨日行った大洗磯前神社、今日の鹿島神宮、息栖神社、香取神宮。

「この四つの神社はとーこさん、夏織さん、歩美さん、それからルカさま……みんなで巡った神社です。とーこさんたちが作ってくれた昨日のご飯、おいしかったですね～とか、開くたびにみなさんとの出来事を思い出すことが出来ます！」

燈子もご朱印帳を開き、今もらったばかりの香取神宮のご朱印を見る。

整った字で記されている今日の日付。

思い出すのは、歩美の名演技で乗り越えたタヌキとのバトル、ルカさんのキケン運転。

明日、一週間後、一ヶ月後と時間が経って忘れかけても、ご朱印帳を開けば、きっと今日のことが思い出せる。

「そうだね。ご朱印にはその日の思い出がいっぱいだね」

「だからきっと、大丈夫です！」

えへへ、と笑い、コノミが先に歩きだす。

燈子は真っ白なページをぱらぱらとめくりながら、想像する。

この白いページには、どんなご朱印と思い出が詰まっていくんだろう……？　って。

(これからも楽しい思い出がいっぱい詰まっていくといいな)

海辺で大好きな人と再会したり、夏織と歩美といっしょにご飯を作ったり。

昨日も今日も、とても楽しかった。

こんな風にドキドキハラハラしながら、思い出は増えていくんだと思う。

筆字に残る墨のにおいを感じながら、燈子はご朱印帳を閉じる。

「とーこ～！　早くこないと、草もち食べちゃうよ～！」

少し離れた場所から、夏織の声がした。
下を向くと、石段の真下で夏織と歩美が手を振って、燈子を呼んでいる。
「今、行くよ〜！」と、燈子も手を振り返す。
（みんなでまた、ご朱印めぐりの旅行に行けるといいな……）
その時はまたよろしくね、超吉おみくじ。
手首でゆれる、おみくじブレスレットに願いをこめて。
燈子は軽やかな足取りで石段をくだって行った。

名探偵
ミモザにおまかせ！
月ゆき
絵／linaria
謎は夢見桃クッキーとともに

誰にも負けないわ！
謎ときなら、

どっちの推理力が上か
勝負だ！

ミモザ

「謎」と、美味しいものを食べることが大好き！　まだ10歳だけど、村一番の名探偵！

特技 -とくぎ-

謎をとくこと
創作料理を作ること
（まわりのみんなからはなぜか、怖がられている）

夢 -ゆめ-

鳥が頭に巣を作ってくれること

スター

ミモザの前に現れる、超エラソーな男の子。ミモザをライバル視して、推理対決を挑んでくる。

特技 -とくぎ-

謎をとくこと
ミモザをからかうこと
剣術

夢 -ゆめ-

飛竜騎士団の団長になること

1 怪盗クローブの予告状

「たいへん！　事件発生！」

ミモザ・トキタは、居間に入るなり、危機を感じてさけんだ。

ミモザの人なつっこい顔に緊張が走る。こはく色の大きな瞳が、事件を正確にとらえていた。

ミモザの大好物の虹のパイ。

そのパイの最後の一切れが、今まさに、一人の少年によって、食べられようとしている。

「スター、待って！　それはわたしの！」

ミモザがあわててテーブルにかけよったときには、虹のパイはきれいさっぱりと、少年のおなかの中に姿を消していた。

ミモザはへなへなと、床の上にしゃがみこんだ。

お気に入りのドレスのスカートが、ふんわりとひろがる。

「ひどいじゃないの！　最後のパイを食べちゃうなんて！」

ミモザの言葉を聞くと、スターは満足そうな笑みをうかべた。

「おはよう、ミモザ。夏休みの朝だからって寝坊はいけないよ」

「パイを食べきっておいて、いうことはそれだけなの？」

ミモザはくやしさで顔を真っ赤にした。

虹のパイは、紅玉にんじん、飛び飛びオレンジ、精霊の国のりんご、若葉クルミ、妖精草、星の川のこけもも、夕暮れベリーをパイ生地でつつんだ、ミモザの大好物だ。

虹のパイ以上に好きなものといったら、謎しかない。

ミモザは、のんびりとくつろいで新聞を読んでいるスターを、思わずジトッとながめた。

「スター。どうしてあなたは、夏休みになってから毎朝毎朝、わたしの家にいるの？」

「任務だよ」

「朝食を食べに来ているだけに見えるけど」

「気のせいさ」

スターは涼しい顔をして答える。

クセのある黒髪に、ラピスラズリ色の瞳。着ているのは、白いシャツとズボン。夏用の白いマント。飛竜をかたどったアメジストのバッジを、マントのえり元につけていて、細身の剣を身につけている。彼は、十歳のミモザより、ひとつ二つ年上のはずだ。

ミモザはため息をついた。

(スターはたしかに、たよりになるところもあるわ)

それは認めるけど、とミモザは心の中でつぶやいた。

(だけどね、それ以上に、腹の立つことも多いのよ。建国記念祭の事件で、推理のいいライバルになれるかと思ったんだけど)

ココットおばあちゃんが、居間に顔を出した。

おばあちゃんは、ふっくらとした顔に、いつも優しい笑みをうかべている。

「ミモザ、心配しなくても、あと少しで妖精草のパンケーキが焼けるわよ」

「ありがとう。おばあちゃん」

ミモザは少しむくれながら、妖精草のパンケーキを待った。

スターは生意気そうな表情で、ミモザのこはく色のふわふわカールの髪を指さした。

「今朝も、小鳥が巣を作った気配はないな」

ミモザには、頭に小鳥の一家に住んでほしいという夢がある。

「わたしの頭に引っ越してくる旅のとちゅうなのよ」

ミモザは強がって、にっと笑ってみせた。ミモザは元気よくいった。

「今日もどこかに、すてきな謎がころがっていないかな？」

「きみが好きそうな事件がある」

スターが王都新聞をミモザに見せる。七月二十日、今日の朝刊だ。

ミモザは思わず身を乗り出した。

「なになに？　『怪盗クローブによる盗難、続く』だって！　まだつかまってないのね！」

「『王都周辺で盗難があいつぎ、昨夜も宝石の盗難事件が発生した。警察当局は手口から同一犯の犯行とみて、犯人の手がかりを追っている』だってさ」

ミモザは上機嫌になって、両手を打ち鳴らした。

「きまり！　今日は王都に行って、怪盗クローブの手がかりを探してみようっと」

「そういうと思ったけどね。わざわざ王都に行かなくても、謎の方からきみのところにやってきたみたいだよ」

「どうしてわかるの？」

スターは生意気そうな表情をうかべたまま答えた。

「簡単な推理さ。さっきから、この家に来ようかどうしようか迷って、道路を行ったり来たりしている人物が、ぼくの席から見えるからね」

スターがいったのと同時に、玄関のチャイムがカランコロンと明るく鳴る。

「本当だ！」

ミモザは、こはく色の瞳をキラキラと輝かせた。

レモンの木やハーブ類のはちで、ジャングルみたいになっている居間に、一人の少年がおずおずと入ってきた。

「ミモザさんという、マロン村一の探偵がいるって聞いたんですが」

そういって顔をあげた少年の目は、赤くなっていた。目のまわりが、はれている。

ミモザは優しくいった。

「わたしがミモザよ。なんでも話してね」

内気そうな少年は、決心したように顔をあげた。

「ぼくはティム・ガレット。十三歳です。うちは王都のはずれにある洋菓子店をやっています。

ガレット洋菓子店というんだけど、聞いたことある？」

ミモザは首をふった。

「ないわ」

ティムはさびしそうに笑った。

「だろうと思った。繁盛していたのは、ぼくのおじいさんの代の話だからね。今は父さん一人で、こぢんまりとやっているんだ」

ティムは、チェックのズボンのポケットの中から、一通の白い封筒を取り出した。

「それで本題なんだけど、うちの店に二日前、とんでもないものが届いたんだよ」

背の高いスターは、ソファの後ろから、ミモザの肩ごしに封筒をのぞきこむ。

「消印はなし。差出人もなし」

ミモザは封筒からカードを取り出した。

「『七月二十日　夜八時　店で一番大切なものを盗みに行く　怪盗クローブ』！　本物なの？」

「わからない。父さんはいたずらだろうって、とりあってくれないんだ。ぼくは万が一、本物だったらどうしようって、とほうに暮れてしまったよ」

ミモザは探偵道具一式が入ったポシェットから虫メガネを取り出すと、予告状をしげしげと観察した。

「どこにでも売っているような、ありふれた白い封筒とカードだわ。透かしはなし。文字は定規をあてて書いたみたいね。筆跡をごまかすために」

ミモザは考えこんだ。

「あなたのお店で、一番大切なものってなに？」

「もしかしたら、女王さまの名前を入れられるクッキー型かもしれない、って思ってる」

「クッキー型？」

ティムは熱心にうなずいた。

「昔、おじいちゃんは、ココット女王さまに、クッキーを献上したんだ。そのクッキーがあまりにもおいしかったもんだから、女

王さまが味を認めた証しに、女王さまの名前を入れられるクッキー型を、特別にくださったんだ。王冠のマークの入った、立派な赤い箱に入っているんだよ」

「すごいわね！」

「女王さまが認めたクッキーを買いに、毎日毎日、ココロランド全土からお客さんが集まって、店の前に列を作っていたよ」

ミモザは夢中になって、ティムにつめよった。

「ココット女王の名前を入れられるクッキー型さえあれば、なんてことないクッキーだって、高く売れると考えているのかも」

ティムはこまったようにうなずいた。

「父さんがいうように、いたずらかもしれないとは思う。でも、あまりにも心配になって、ぼくは一応警察に相談に行ったんだ」

「どうだったの？」

「相談をうけて、パトロールに来てくれた警官を、父さんが追い返してしまったんだよ。ぼくが相談に行ったことを知ると、父さんは『盗みたいやつには盗ませておけ。警察をこの家に呼ぶのは許さない』といったんだ。ぼくは本当に怪盗が盗みに来たらどうするんだと主張したんだけど、父さんは、鼻で笑って相手にもしてくれないんだ。あまりにもくやしくてね」

ティムはくちびるをかみしめて、言葉を切った。

（それで泣いていたのね）

（それにしても、どうしてティムのお父さんは、警察にたのまないんだろう？）

「こまりきっていたところに、マロン村に名探偵がいるって、友達がうわさをしていたのを思い出したんだ。ミモザ、この事件を引き受けてもらえる？」

ミモザは元気よくぴょんと立ち上がった。

「もちろんよ！　わたしたちで、怪盗クローブをつかまえましょう！」


午後四時。

ガレット洋菓子店は、王都の南、けやきの森の川ぞいにある。

「わあ、かわいいお店！」

白い壁と赤いとんがり屋根のある、妖精が建てたような店だ。

ミモザは楽しくなって、ガレット洋菓子店にかけよった。

店内を窓からのぞきこむと、暗い店内のショーケースには、申し訳程度にしか品物が置いていない。なんだかさびしくなって、ミモザはだまって窓から離れた。

「水車がある。粉をひくのか」

　スターが水車を目ざとく見つけて、指さした。晴れの日が続いているので、川の水量は少なく、水車はゆっくりとまわっている。

　ティムは得意そうに胸をはる。

「そうなんだ。店に出すお菓子はみんな、うちの畑で作った小麦を使うんだ。毎日使う分だけ、小麦を水車でひいているんだよ。だからうちのお菓子の味はココロランド一さ……、たぶん。おじいちゃんの代はそういわれていたよ」

　ティムの案内で、おもての店の反対にある裏玄関から、建物の中に入った。

「おもて側がお店になっていて、裏側が自宅になっているんだよ。母さんは、おばさんのお見舞いに行ってる。父さんは……」

　建物に入ってすぐ、居間のソファに、一人の男の人が寝そべっていた。細身で背が高く、黒いシャツと黒いズボンをはいている。

　ティムがまゆをひそめた。

「父さん。いたんだ」

ぶしょうヒゲの生えたティムの父親は、大きなあくびをした。

「いちゃ悪いか」

「別に。昨日の夜はどこに行っていたの？」

「酒場。で、その子たちは？」

「友達だよ。ええと、お菓子を作るところを見学したいんだって」

返事の代わりに、ゴウゴウといういびきが聞こえてくる。

ティムの父親はすでにぐっすりと眠っていた。

ミモザは壁にかかった風景画に、みとれているふりをした。

ティムはいいわけするようにいう。

「店がうまくいかなくなってから、父さんと母さんはけんかばかりさ。でも、父さんも本当は、お菓子作りが大好きなんだよ」

ミモザは遠慮していった。

「うん。きっとそうよ」

「父さんは、若いころは歌手になりたかったんだ。でも、伝説級のお菓子職人だったおじいちゃんが許さなくて、父さんはお菓子職人になって毎日しごかれてた。おじいちゃんは厳しい人だったんだ。父さんはプレッシャーを感じて、だんだんやる気がなくなっちゃった。だってそうだろ？　おまえの作った菓子はまだだめだ、なんていわれ続けたら、みんな父さんみたいになっちゃうよ。父さんだって、伝説級のとはいわないけど、いいお菓子職人なんだよ」

「そうね」

ティムが顔をあげて、笑顔を作った。

「ぼくは、父さんといっしょにお菓子を作って、この店に、また昔みたいな活気をとりもどしたいんだ。ぼくが一人前のお菓子職人になって、店をまた繁盛させれば、家族はまた仲良くなるよ」

「そうなるといいわね」

「うん。ありがとう」

ミモザは胸の中でそっと願った。

（ティムのお父さんが、ティムの期待に応えてくれますように）

ティムはミモザとスターを、一番奥の部屋に案内した。窓が一つある。部屋の中央に、長机がならべられていて、書類がゴタゴタと山積みになっている。

「ここは、おじいちゃんの代に、事務室として使っていたんだ。今は物置になってるけど。金庫があるから、ぼくは金庫室って呼んでる」

ミモザは灰色の金庫にかけよった。

がっちりした扉には、ダイヤル式のカギがついている。

「この中に、女王さまのクッキー型が入っているのね？」

「そうだよ。赤い箱に入ってるんだ」

ミモザはティムにたずねた。

「金庫のダイヤルの番号を知っている人は誰？」

「父さんだけだよ。他には誰も知らない。ぼくだって知らないよ」

「怪盗はどうやって金庫を開けるつもりなのかな？　それとも扉を開けずに、金庫ごととっていくつもりのかな」

ミモザは家の裏手にある小屋に気がついた。

「あの小屋は、なに？」

「ぼく専用のお菓子工房だよ。見てみる？」

ティムはちょっと誇らしげな顔をして、ミモザとスターを小屋に案内した。

小屋に近づくにつれて、ますますいいかおりにつつまれる。

「このかおりはクッキーね！」

ミモザは笑顔になって、小屋の中にかけこんだ。

ティムがつられて笑顔になった。

「よくわかったね。今、クッキーを焼く練習をしているところなんだよ」

スターがあきれたように肩をすくめる。

「ミモザは、謎と、うまいものにはやたらと鼻がきくからな」

ティムのお菓子工房の中では、三台の大きなオーブンが、ごうごうと音を立てていて、大理石の調理台の上には、ハート型、鳥型、妖精型などのクッキー型、いろいろなケーキ型が乗っている。

どんなお菓子もつくれそうで、ミモザは目をきらりと輝かせた。

ティムがにこやかにいった。

「今、焼いているのは夢見桃のクッキーさ」

「夢見桃って、食べると、いい夢を見るという桃のこと？」

「そうだよ。父さんは夢見桃のクッキーを作らなくなってしまったから、ぼくがこの店の名物の、夢見桃のクッキーの味を復活させるんだ」

ティムが分厚いミトンをはめてオーブンをのぞきこんだ。

「そろそろ、焼けたかな」

ティムがハート型のクッキーのならんだ天パンを取り出す。

ミモザもわくわくしてすぐさまオーブンに近寄った。

「ミモザ、熱いから気をつけて。そんなに身を乗り出さないで」

「おいしそう！　クッキーの真ん中にのっている金色のものが、夢見桃？」

「そうだよ」

ティムはクッキーを一つとると、ていねいに割った。彼はクッキーの断面をじっくりながめてから、慎重に口に入れた。

「だめだな。おじいちゃんの作るクッキーは、こんな味じゃなかった」

ティムは首を左右にふると、がっくりと肩を落とす。ミモザはつばを飲みこんだ。

「だめなの？　このクッキーのどこがだめだったのか、わたしが感想をいってあげましょうか？

一つ二つ、いいえ、十個ぐらい味見をしたら、わかると思うんだけど」

「それ、たくさん食べたいだけだろ」

スターの冷静な声が飛ぶ。

ティムは真面目な表情のまま首を横にふった。

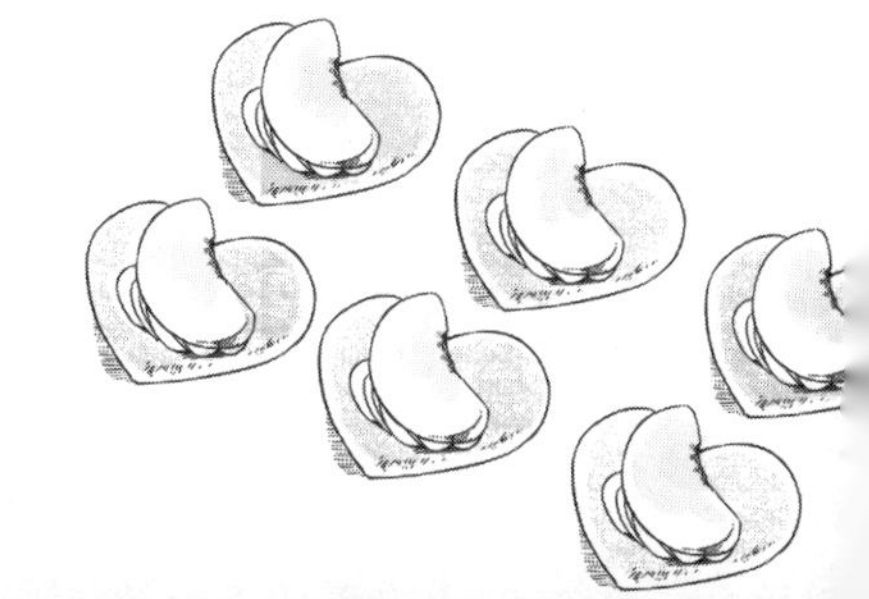

「悪いけど、とても食べさせられないよ。ちゃんとした完成品じゃないとね。クッキーの完成を手伝ってくれているリタさん以外には、食べさせるわけにはいかないんだ」

「ええっ？　そんなぁ」

ミモザには、とてもおいしそうなクッキーに見える。

ティムがミトンをはずした。

「リタさんはどこにいったんだろう。試食してもらわないとこまるのに」

（リタさんという人なら、試食させてくれるかも）

そう思いついたミモザは、元気よくティムのお菓子工房を飛び出した。

「わたしが探してきてあげる！」

ミモザは店をぐるっとまわりながら、大声を出した。

「リタさん！　リタさん！　クッキーが焼けましたよ！　ティムが探しています」

森の中から、女の人の声が聞こえてきた。

「まあまあ、どうしましょ！　クッキーのことうっかり忘れてたわ。ここよ、ここにいます」

ミモザが森の中に入っていくと、女の人がすっぽりと穴にはまっていた。彼女は手に夕暮れベリーをつんだカゴを持っている。

年は二十歳くらい。赤い髪、ほがらかな顔つきの、コックコートを着た細身の女の人だ。

「どうしたんですか」

ミモザはびっくりしてたずねた。

「一週間前、ここら辺を荒らしまわるイノシシ用に、落とし穴を掘ったのよ。あたしったら、それを忘れて、落っこちちゃったの。いつもこうなのよ、あたしって。昨日の夜も、パン作りの本を読んでいたら、いつのまにか、いすから転げおちて、眠っちゃったし」

リタさんは、こまったような表情で、えへへと笑った。

ミモザも、つられて笑いながら、手をのばしてリタさんを引っぱりあげた。

リタさんは、黒いズボンを、手ではらった。落とし穴には、えさのイモの切れ端や白っぽいトウモロコシの粉がまかれていたからだ。

「引っぱりあげてくれてありがとう。さて、クッキーの味見に行きましょ」

ティムのお菓子工房にもどると、リタさんは、クッキーを試食して、わずかに表情を曇らせた。

ティムはうつむいて、つらそうな声で答えた。

「また失敗でした。ぼくにはむりなんだろうか」

「ティムくん。きみのおじいさんは天才よ。おじいさんが作るお菓子は、みんな魔法にかかったようにおいしかった。あの味に簡単に追いつけるなんて思っちゃいけないわ」

ミモザはリタさんにたずねた。

「ガレット洋菓子店を昔から知っていたんですか？」

リタさんは昔をなつかしむ表情になって、ゆっくりとうなずいた。

「あたしの父が、ティムくんのおじいさんの代に、お菓子職人として働いていたの。本業はパン屋さんだけどね。女王さまの名前を入れられるクッキー型をいただいたときは、お祝いパーティーが開かれたものよ。パーティーには、あたしも父といっしょに、呼ばれていったのよ。赤い箱に入ったクッキー型は、宝石以上に輝いて見えたわ」

「リタさんは、ガレット洋菓子店で働いているんですか？」

「いつもは、実家のパン屋を手伝っているわ。でも、ティムくんが一人でお菓子作りをしていることを知って、一年前から、あたしが時々、味見をしてあげてるというわけ」

ミモザはうらやましくなって、さっと右手をあげた。

「わたしも味見ならできるけど！」

リタさんが、ほがらかに笑った。

「ティムくんのおじいさんの味を、おぼえている人じゃないとだめなのよ」

誰かがティムのお菓子工房の扉をノックした。あどけない子どものような声が聞こえてくる。

「こんにちは。ティムくんいますか？　氷隊のタキシードです」

ティムが扉にかけよった。

「タキシードさん、どうぞ！」

扉の外に姿を現したのは、かんむりペンギンだった。

身長は八十センチほど。金色のかんむりが、日を浴びて輝いている。

名前の通り、黒いタキシードを着ているみたいだ。左の羽につけた赤い腕章には、『アイス島氷隊』。

タキシードさんが羽をパタパタと動かしながらいった。

「ティムくん、今日は月曜日だし、今週も天然氷が入り用なんじゃないかと思いましてね。最後まで売り切らずに、きみのお店に寄ってみたんですよ」

タキシードさんは、彼が立ち寄ることは、ものすごく名誉であるといわんばかりだった。

ティムは笑顔になって、ぴょこんとお辞儀をした。

「助かります、タキシードさん。やっぱり氷はアイスクリームやシャーベットを作る練習に欠かせないですからね」

タキシードさんはちょこまかと動いて、馬車からわらにつつまれた氷を運んできた。

ミモザは、わらたばの中の氷を見て、うれしそうな顔になった。

「夏に氷を見るなんて、すごく珍しいわ」

「わたしどもの家はアイス島にあるんですよ。誰もが、アイス島に住めるわけじゃない。寒さに強い、選ばれた優秀な種族しか住めませんからね。例えばわたしのように」

そういうと、タキシードさんは、まるくて白いおなかを、自慢げにふくらませた。

「な、なるほど……」

タキシードさんは、氷をアイスボックスにしまうと、ティムに話しかけた。

「ところでティムくん。ここに来るとちゅう、わたしはみょうなうわさを聞きましたよ。最近王都を騒がせている怪盗クローブが、ガレット洋菓子店をねらっているらしいという」

「はい。今夜八時、怪盗クローブがうちの店に盗みに入るという、予告状が来たんですよ」

タキシードさんは目を丸くして、はっと羽を胸にあてた。

「なんですと？　それにしちゃ、店のまわりの警備が手薄のようですが」

「しょうがないんです。父さんは、この店から盗まれるものはないという意見なんです。だから警官も追い返しちゃったんです」

「怪盗がわざわざ予告状を出すからには、このお店には、重要なものがあるにちがいないと、わたしは思いますが」

「はい。だから、探偵さんにお願いしました。マロン村一の名探偵、ミモザです」

誇り高い一族のタキシードさんは、ティムの言葉にあきれはてたようだった。

タキシードさんは、くちばしを突き出して、ミモザをじっと見た。

「この女の子に、たのんだですと？」

タキシードさんは、ゴホンゴホンとせきこみながら、言葉をにごした。

「こんな子どもに？　たしかにとてもかわいい女の子ですが、もっとたよりになりそうな人に、ゴホン、なんというか、もっといい人材がいるんじゃないですかな？」

ミモザは明るく答えた。

「心配ないわ、タキシードさん。怪盗クローブは、きっとわたしがつかまえてみせるわ。謎ときなら、大得意なの」

「あ、ああ。そうかもしれないがね。怪盗クローブは、腕利きの怪盗だという話ですよ」

スターが生意気そうな顔でいい放った。

「タキシードさん。心配には及ばないよ。マロン村一の名探偵が、怪盗をとり逃がしても、まだ、ココロランド一の名探偵がいるからね」

彼はぽんぽんと、自分の腰にさした細身の剣をたたいた。

「ほう……。これはなかなか強そうだ」

タキシードさんが剣を見て感心したようにつぶやいたので、スターはますます得意そうな顔つきになって、ミモザを見た。

(スターったら)

いつも通りの彼のセリフに、ミモザはため息をついた。

ティムはクッキーを天パンから皿にうつした。

「タキシードさん、心配してくれてありがとう。でも、家には父さんもいるし、ミモザやスターもいるし、金庫にはちゃんとカギがかかっているから、心配ないと思いますよ」

タキシードさんがしょうがないなというように、かんむりのついた頭をふった。

「このわたしでよければ、今夜八時、見張りを手伝いましょうか。人数が多い方が、怪盗クローブも盗みに入りにくいだろうからね」

それを聞いたリタさんもうなずいた。

「まあまあ！　いい考えだわ。あたしも今夜は、怪盗クローブをつかまえるのに協力しましよ！」

「みんな、ありがとう！」

ティムが感激したようにいった。

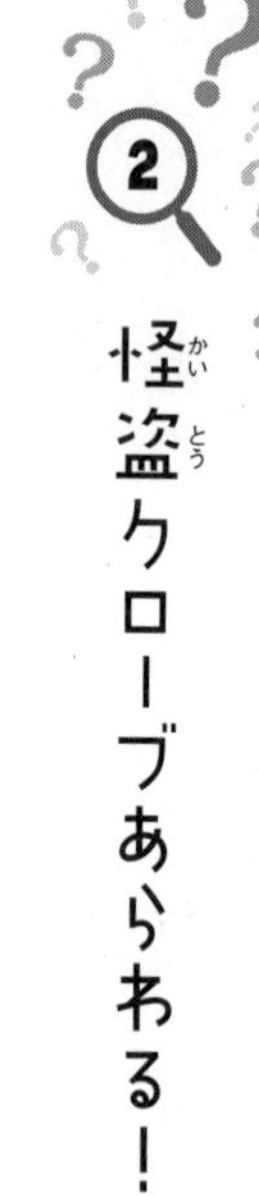

2 怪盗クローブあらわれる!

午後七時。

ミモザ、スター、ティム、ティムの父親、リタさん、それからペンギンのタキシードさんは、若葉クルミのパンと、サボテンチキンスープの夕食をとった。

楽しい食卓とはいかなかった。家の中にある緊張感を感じ取って、みんな、だまりがちだ。

夕食後、ミモザはろうそくに火をともして、立ち上がった。

「怪盗クローブが午後八時に現れる前に、もう一度、家の中と外を、見まわりしてくるわ」

スターも当然のように立ち上がる。白いマントをひるがえして、彼はキビキビした足取りでミモザのあとをついてくる。さすがのスターも、どこかこわばった表情だ。

リタさんが、暗い雰囲気をなごませるように明るくいった。

「あたしはお菓子工房を片付けてきましょ!」

ティムの父親も、のろのろと立ち上がり、「イノシシのワナの様子を見てくる」といって、家の外に出て行った。

タキシードさんは、窓のカギがしまっているか、調べている。

ミモザは金庫室に入った。金庫の扉を念のため引っ張ってみる。

「金庫のカギはかかっているわ。もちろん扉は開かない。窓にも内側からカギがかかっているわ。暑いけど今夜だけは仕方がないわね」

ミモザは店と家をつなぐ扉がしまっているのを確認した。裏玄関から外に出る。

「お店の扉は閉まっているわね。お店と家をつなぐ扉もカギがかかっている。出入り口はここ、裏玄関だけね」

ガレット洋菓子店の後ろは、森になっている。

ミモザは森の小道をしばらく見まわって、耳をすませた。すぐそばを流れる小川のせせらぎが耳に心地よい。フクロウがホーゥホーゥと泣く声、リリリリという虫の音が聞こえてくる。

スターがどこか警戒した声でいった。

「足音なし。人の気配なし。怪しい人影もないな」

ティムの家にもどると、ティムの父親が、居間に入ってきた。彼は、ソファに寝そべると、すぐに大いびきをかいて眠りはじめてしまった。

「全員、帰ってきたわね」

といって、リタさんが、裏玄関の扉に、しっかりとカギをかける。

ペンギンのタキシードさんも、裏玄関に続くろうかで、油断なく、目を光らせている。

ティムが金庫室の中にいすを持ちこんで、見張りを開始した。

ミモザとスターは、金庫室の前のろうかに立って、あたりを警戒する。

ミモザは探偵道具一式が入ったポシェットから、懐中時計を取り出すと、時刻を見た。

「今、七時四十五分。怪盗クローブの予告時間まで、あと十五分ね」

みんな、無言だった。時折、居間からティムの父親のいびきが聞こえてくるだけだ。

(あと、五分、四分……)

ミモザはドキドキしながら、金庫をじっと見つめた。五分が一時間に思える。ミモザは自分の体が石になったように感じた。

(三分、二分、一分)

懐中時計が午後八時をさした。家の中の誰も動かない。

(なにも起こらない？　やっぱりいたずら？)

ミモザが少しほっとしたときだった。

玄関の扉がガタンと大きな音をたてて開いた。とたんに、強風がふきこんでくる。

「しまった！」

ミモザが手に持っていたろうそくの火が、風で吹き消される。ろうかが真っ暗になった。

「きゃあああああ！」

リタさんが絶叫した。ミモザは思わず身をすくめた。なにか大変なことが起きたのだ。

暗闇の中で、誰かが、ろうかを走りぬける。

ミモザになにかが、勢いよくぶつかってきた。

「痛っ！」

(今の感触は、羽？)

「だいじょうぶか？」

スターがどなった。

「うん！」

スターはミモザの位置をたしかめるように、ミモザの腕をつかむ。

「誰かきてくれ！」

金庫室にいるティムが叫んだ。

なにかが割れる音。人がもみあう音。続いて、金庫室の中が真っ暗になった。

ミモザは月明かりをたよりに、金庫室の中に飛びこんだ。全身の血がこおりつく。

「怪盗クローブ！」

黒い仮面とマントをつけた怪盗がいた。

今まさに、窓枠をまたいで、逃げようとしている。

怪盗はミモザをチラリと振り返り、戦利品を見せつけるように、月明かりに箱をかかげた。

「赤い箱が！」

ミモザはハッとして、いうことをきかない足をうごかして怪盗にかけよった。

怪盗は素早く身をひるがえすと、黒いマントをはためかせて、森の奥へと消えていく。

スターが続いて、窓から外に飛び出す。

「逃がすものか！」

「気をつけて！　むりはしないで！」

ミモザは夜の闇にのみこまれていくスターの背中にむかって、さけんだ。

「ランプはどこだ？」

ティムが、床からこわれたランプを拾いあげて、あかりをともした。

金庫室の中がぼうっと明るくなる。

「ひどいわね！　ランプのガラスの破片は飛び散っているし、いすも倒れている。机の上にあった書類が、ぜんぶ床の上に散らばっているわ！」

ミモザは金庫の前に飛んでいった。

ダイヤル式の扉を引っ張ってみると、扉はがっちりとしまっている。

「どういうこと？　ちゃんとカギはかかってる！」

ミモザは混乱してさけんだ。ティムがくやしまぎれに左手で机をたたいた。

「ぼくがもっと怪盗と戦っていれば！　女王さまのクッキー型は盗まれずにすんだ！」

「ケガがなくてよかったわ！　怪盗が現れたとき、どうだった？」

「あいつは、金庫室に入ってくるなり、ぼくの手から、ランプをたたきおとした。格闘するうちに、ぼくは部屋のすみになげ飛ばされて、頭をぶつけて立ち上がれなくなったんだ。気がつくと、あいつはもう、赤い箱を手にして逃げるところだった」

スターが息をわずかにはずませながら、金庫室にもどってきた。

「残念ながら、怪盗はつかまえられなかった。ただし、こんなものを見つけたよ」

スターは、手にしていたものを、勢いよくひろげて見せた。

「あっ！　黒いマント！」

「仮面もある。マントと仮面は、水車に引っかかっていた。犯人は、証拠隠滅を図るつもりで、マントと仮面を川に投げ捨てたが、水量が足りなくてうまく流れなかったというところだろう」

ミモザは、虫メガネを取り出すと、黒い仮面とマントをじっくり調べた。

「あら？　これはなにかな」

マントのすそに、わずかに白い粉がついている。

「小麦粉？　いいえ、少し違うみたい」

虫メガネで見てみると、小麦粉よりも少し粒が大きくて、わずかに黄色い部分がある。

（トウモロコシの粉……？）

リタさんが疲れた表情で、フラフラと金庫室に入ってきた。

彼女は左手で、右肩を押さえている。

「ティムくん、クッキー型は？　ぶじなの？」

「とられちゃったよ」

ティムが肩を落としていうと、リタさんはくやしそうにくちびるをかんだ。

「そんな……！　貴重な女王さまのクッキー型が」

ミモザはリタさんにむきなおった。

「あなたは悲鳴をあげましたね。なにがあったんです？」

リタさんは顔をしかめると、身をふるわせて答えた。

「八時になってすぐのことだったわ。黒い仮面をかぶった男が、いきなり裏玄関を開けて現れたの！　心臓が止まるかと思った」

「どんな様子だった？」

「黒いマントを着ていたわ。背が高くて、キビキビした身のこなし。男の人よ」

「年齢は？」

「そこまではわからなかったわ。一瞬のことだったし」

「それでどうなったの？」

「あたしが思わず悲鳴をあげると、男はあたしをつきとばして、ろうかをまっすぐに走っていったわ。そのとき頭と肩をうってしまって、あたしはこわいのと痛みで立ち上がれなくなって、しばらく暗闇でじっとしていたのよ」

「黒い仮面をかぶった男は、一人だった？」

「ええ。仲間はいなかったようよ。すくなくとも、あたしが見た限りでは」

タキシードさんが、金庫室をのぞきこんだ。

「怪盗は？　どうなりましたか？」

「タキシードさん。どうして部屋に入ってこないの？」

ミモザの問いに、タキシードさんは羽をパタパタと動かして答えた。

「床に、ランプの破片が散らばっていますからね。わたしの繊細な足のヒレは、ガラスの上を歩けるようには作られていないんですよ。何はともあれ、ティムくんがぶじでよかった」

「タキシードさん。あなたは、怪盗が来たとき、ろうかでわたしにぶつかった？」

「わたしがぶつかったのは、きみだったんですね！　暗闇の中で金庫室にむかっていたら、誰かにつきとばされましてね。羽も、くちばしも打ちつけて、声も出ないほど痛かったですよ」

「となると、怪盗が裏玄関から入ってきたのは、まちがいなさそうね」

ミモザは裏玄関の扉を調べた。

「扉をむりにこじ開けたような跡はなし」

室内にもどると、ティムの父親が、あくびをしながら金庫室に入ってきた。

「どうした？　怪盗でも来たのか？　この騒ぎは」

ミモザは腹が立ってきた。家に怪盗があらわれたというのに、のんびりと眠っている人がいるだろうか？　冬眠中のクマじゃないんだから。

「この怪盗騒ぎの中、あなたはずっと眠っていたんですか？」

「そうだとも。自分の家で眠っていてなにが悪い」

「だって、こんなときですよ」

「この家に盗まれるような品物はないからな」

ティムの父親はくちびるをゆがめて笑った。

ミモザは思わずかっとなって、ティムの父親に食ってかかった。

「怪盗クローブは、女王さまのクッキー型を盗んでいったんですよ！　ティムにとって、女王さまのクッキー型は、とっても大切なものなのに！」

ティムの父親は、ぎょっとして目を丸くした。

「なんだって？　怪盗が女王さまのクッキー型をとっていっただと？　そんなバカな」

ティムが父親の腕に飛びついた。

「父さん、金庫を開けてみようよ！　他にとられたものがないかどうか、確認しよう！」

ティムの父親は、息子の勢いに押されたようだった。彼はしぶしぶと金庫の前に立った。

「じゃあ開けてみるからな。みんな部屋の外に出て行ってくれ」

ティムを残して、全員が戸口ちかくのろうかに出た。戸口の扉は開いたままだ。

ミモザは、ハラハラしながら金庫が開くのを待った。スターも神経をとがらせているようだ。

リタさんは、化粧用のコンパクトを開いて、髪を直している。タキシードさんはしきりに、くちばしをなでていた。

ティムの父親がダイヤルをまわす。重い扉が開く、ギイッという扉のきしむ音がした。

「やっぱりクッキー型は盗まれてる！　赤い箱はないよ」

ティムの悲しそうな声が聞こえてくる。ミモザは部屋の中に入って、金庫の中をのぞきこんだ。

「他のものも盗まれてる？」

「いいや。レシピノートや、家族の写真なんかはちゃんとあるよ」

ミモザはくやしさに顔を真っ赤にして、床をふみならした。

「でもどうやって、怪盗クローブは、金庫を開けたの？　開けられるのはティムのお父さんだけなのに！」

ミモザは、ふわふわとカールした髪の毛を引っ張った。

「だめ。考えてもわからない。まだ、事件のパーツがそろっていないんだわ」

ミモザは深呼吸をして、気持ちを落ち着かせると、ランプを持った。

「スター、マントと仮面は水車に引っかかっていたのよね」

ミモザはスターとともに川ぞいの水車にむかった。

「怪盗クローブは金庫室から脱出すると、わざわざマントと仮面を川に投げこんだということになるわね」

「ぼくだったら、マントや仮面を脱ぐ時間も惜しんで、犯行現場から逃げるけどね」

「そうよ。わたしでもそうするわ」

ミモザは頭を整理するために、頭をふった。

「怪盗クローブの正体は誰も知らない。男の人かもしれないし、女の人の可能性だってあるわね。怪盗クローブの可能性があるのは二人」

スターが生意気そうな表情をうかべて、わりこんでいった。

「ティムの父親と、リタだろ？」

「その通り！　わざわざ怪盗がマントや仮面を川に捨てたのは、自分の身のまわりで、マントや仮面が発見されたらこまるから。つまり、わたしたちの前に現れた怪盗クローブは、外から来た人間じゃない。今、家の中にいる人物のうちの一人なのよ」

スターが強調するように人差し指をふった。

「ティムの父親は、金庫を開けられる。もしもクッキー型に保険がかけてあったのなら、お金目当てに、犯行を自演することもできる。予告状が来たのに、警察にたのまなかったのも不自然だ。それに黒い服を着ている。

ペンギンのタキシードはろうかでミモザにぶつかった。でも、ガラスの破片のある金庫室には入れない。怪盗は彼じゃない。

一方、リタも怪しい。クッキー型の値打ちを一番知っている。女だからといって、非力というわけでもない。子ども相手なら格闘することもできる」

ミモザは真剣な表情でうなずいた。

ミモザとスターは、森の中を調べてまわった。ミモザは、柔らかい土をふんだ。

「あらっ？　ここってたしか……」

「どうした？」

「イノシシ用の落とし穴があったところよ。昼間はあったのに、今は土でうめられているわ」

ミモザは片足でトントンと、地面をリズミカルにふみならした。

「予告状、暗闇、落とし穴。マントと仮面……、そうよ。印象や思いこみをなくしていくの。そうすれば真実が見えてくる」

ミモザのこはく色の瞳が、金色に輝いた。

「わたしのやらないといけないことが、見えてきたわ！」


三十分後。

ガレット洋菓子店の裏玄関で、ミモザはティムと別れの握手をした。

「ごめんね。せっかく依頼してくれたのに、犯人をつかまえられなくて」

「いいんだ。クッキー型がなくても、ガレット洋菓子店はぼくがなんとかするよ。タキシードさんと、リタさんは、遅くなったから泊まっていくけど、きみたちはいいのかい？」

「ええ。わたしたちは帰るわ」

ミモザはティムに大きく手をふって、スターとともに、マロン村の方角へ歩き出した。

怪盗クローブの最後

深夜一時。

森のそばにあるガレット洋菓子店は、すっかり夜の闇につつまれていた。物音ひとつしない。住人はすっかり寝静まっているようだ。

あかりひとつない金庫室の、扉が、すうっと音もなく開いた。

黒い服を着た人物が現れた。その人物は、足音をひとつも立てずに、迷いなく金庫の前に立ち、ゆっくりと、金庫のダイヤルをまわす。

金庫の扉がカチリと音を立てて開いた。

「そこまでよ！」

ミモザのりんとした声がひびきわたった。同時に、部屋の中がパッと明るくなる。

ティムが厳しい顔つきで、ランプを手に現れた。

黒い服の人物は、顔をさっとかくした。

「怪盗クローブ！　きっと来ると思っていたわ。窓は開かないわよ。つっかえ棒をしてあるもの」

「くっ！」

追いつめられた怪盗クローブは、ミモザにむかって突進した。

怪盗の隠しもっていた短剣が、ギラリと光る。

「あぶないっ！」

スターがミモザの前に飛び出す。彼は剣を、怪盗の短剣めがけてふり下ろした。

怪盗の手から短剣がはね飛んだ。

スターが気迫をこめていい放つ。

「ミモザを傷つけるのは許さない！」

ミモザはスターの後ろから、ひょっこり

と顔を出した。

「あきらめるのよ。もう逃げ場はないわ」

怪盗クローブは、がっくりとその場にくずれおちた。

ミモザは怪盗クローブにむかって、厳しい声でいった。

「怪盗クローブは『今夜八時、ガレット洋菓子店の一番大切なものを盗む』と予告状を出したわね。みんなの意識は、当然、午後八時に集まる。それこそが、怪盗クローブのねらいだったのよ。

そうよね、リタさん」

怪盗クローブの正体、リタさんがキッとミモザをにらんだ。

「なにもいうつもりはないわ」

二階の部屋で眠っていたタキシードさんと、ティムの父親も、騒ぎをききつけて部屋に入ってきた。

「あなたは、予告状にあった午後八時には、金庫を開けていないのよね」

ミモザの言葉に、タキシードさんが目を丸くした。

「どういうことです？」

ミモザはこはく色の目を輝かせていった。

「わたしたちは、クッキー型の入った赤い箱が、金庫に入っていると思いこんでいただけなのよ！　わたしたちは、怪盗が赤い箱を持っているところを見たわ。当然、怪盗は金庫から、赤い箱を盗んだと思う。でも、実際に怪盗が金庫を開けて、赤い箱を取り出したところは見たのかしら？」

「あっ！　本当ですね！」

タキシードさんが顔色を変えてさけんだ。

ミモザはリタさんを見つめた。

「金庫を開けるダイヤルの番号は、ティムのお父さんしか知らない。怪盗クローブには開けることができなかった。だから、どうにかして、ティムのお父さんに、金庫を開けさせたかったのよ。

怪盗クローブはあらかじめ予告状を出し、予告時刻の午後八時に、みんなに赤い箱を盗んだと思わせる必要があったの。

怪盗クローブは、午後八時になると、玄関を開けて風をふきこませ、ろうそくを消すと、マントと仮面をつけた。

それから彼女は、怪盗がまるで外から入ってきたかのように悲鳴をあげた。

にせの赤い箱を持って、森の中に消えた。そして、マントと仮面を川に捨てて、また家にもどってきた。

怪盗クローブの目的は、金庫を開けるダイヤルをまわす手つきを見ることにあったの！

手つきを見れば、ダイヤルの暗証番号はある程度、推測できる。それが腕利きの怪盗たるゆえんなのね。

おぼえてる？　ティムのお父さんが金庫を開けるとき、リタさんが化粧用のコンパクトをのぞきこんでいたこと。コンパクトの鏡にうつして金庫を見ていたのね」

タキシードさんがたずねる。

「怪盗クローブのねらいは、クッキー型ではなかった。本当のねらいは、なんなんです？」

「ティムのおじいさんが残したレシピノートよ！」

ティムがとびあがった。

「えっ？　おじいさんのレシピノート？」

「そうよ。だから、もう一度、金庫室に来なければならなかったのよね？　リタさん」

リタさんが笑いはじめた。

「小さな探偵さん、あたしが怪盗クローブだという証拠が、どこにあるのかしら？」

「証拠ならあるさ」

スターが黒いマントを、怪盗クローブにつきつける。

「このマントのすそに、わずかに白い粉がついている」

「それがどうしたの？　小麦粉でしょ？　ここは洋菓子店よ。そんなもの、どこでもくっついたって、おかしくないわよ」

ミモザはゆっくりと首をふった。

「この粉は小麦粉じゃないの。トウモロコシの粉よ。イノシシのワナに、えさとしてまいておくものなの。だから、怪盗クローブはあなたでしか、ありえないのよ！」

リタさんは鼻で笑った。

「ティムの父親だって、イノシシのワナを見に行くといっていたわよ。彼にだって、粉がくっついているでしょうよ」

「いいえ。彼は穴をうめもどしたのよ。だから、落とし穴の底にまいてある、トウモロコシの粉がつくわけがないわね、ティムのお父さん」

ティムの父親は、肩をすくめた。

「子どもたちが、探偵ごっこをやるって、はりきっていたからな。誰かが穴に落ちないように、と思ってね」

「リタさん、あなたは怪盗クローブの正体をかくすため、おっちょこちょいな人間だと印象づけたくて、わざと、イノシシのワナに落ちているところを、わたしに目撃させたのよ。そのとき、服についていたトウモロコシの粉が、マントについてしまった」

リタさんは顔を憎々しげにゆがめた。

「子どもだと思って、あまく見ていたわ！　この腕利きの怪盗クローブさまが、子どもなんかに、正体を見破られてしまうとはね！」

「やっぱり、ねらいはレシピノートだったのね？」

「そうよ。レシピノートは、ティムたちが思っている以上に、価値があるのよ！」

ティムがとまどって、たずねた。

「リタさん。どうして怪盗なんかをやっているのさ？　パンもお菓子も上手に作れるじゃないか」

怪盗クローブは、小ばかにしたように笑った。

「あたしはパンやお菓子作りなんてやりたくないの。あたしはね、ものの価値のわかる人のために、品物を盗んであげているのよ。ティム、あなただって、怪盗の方がもうかると知れば、苦労してまで、お菓子なんか作りたくなくなるわよ」

「そんなことはない！　ぼくは、お菓子を作ること自体が好きなんだよ！　ぼくが作ったお菓子でみんなに喜んでもらいたいんだよ！」

タキシードさんが首をひねった。

「では、クッキー型はどこに消えたんです？」

ミモザはティムの父親にむきなおった。

「本当は、クッキー型は、予告状が来たときには、もうすでにこの金庫の中になかったんじゃありませんか？　あなたはクッキー型が盗まれたと聞いたとき、くやしさよりも、驚きを感じていましたね」

ティムの父親は、後ろめたそうな笑顔になった。

「バレたか。実はな、女王さまのクッキー型は、三日前に、高い値段をつけてくれたコレクターに売っちまっていたんだ」

ティムは顔を真っ赤にして、父親に食ってかかった。

「どうして売っちゃったんだよ？　女王さまの名前が入れられるんだよ！」

「おれは、誇りよりも、幸せの方が大切だと思う。あの女王さまのクッキー型のおかげで、この家やおまえのお菓子工房を、売らなくても良くなった。親父のレシピノートだって、盗まれたところでたいしたことはない。おまえだって、わざわざお菓子職人になることはない」

「父さん。ぼくの夢をそんなふうに思っていたんだね」

ティムは今にも泣きそうな顔になった。

ミモザが優しくいった。

「ティム、今日作ったものを、お父さんに試食してもらったら？」

ティムは走ってお菓子工房まで行った。彼は息があがるほどのスピードで、家にかけこむと、父親に、皿の上に山盛りになっている夢見桃のクッキーを差し出した。

ティムの父親は目を丸くした。

「この夢見桃のクッキーをおまえが？　だが、おれは教えていないぞ」

「レシピがわからないから、おじいちゃんの味を思い出しながら作ってみたんだ」

ティムの父親は慎重にクッキーを口の中に入れた。

彼はクッキーをじっくりと味わうと、最後に満足そうにため息をついた。

「おれの息子は、おれよりも、親父の素質を受け継いだのかもしれないな」

ティムの顔がパッと明るくなった。

「ほんと？」

ティムの父親はほほえんで、ティムの頭に、ポンと手を置いた。

「ティム、おまえがそんなにお菓子職人になりたがっていたとはな。また、このガレット洋菓子店で、夢見桃クッキーを作ってみるか。おれは、レシピノートに書かれていないコツを知っているからな」

ティムの顔が、一瞬、泣きそうなほどゆがんだ。

「うん！　うん！」

ティムは力強く何度もうなずいた。

「いつか女王さまも食べてくださるかな？」

ティムの問いに、ミモザはこくりとうなずいた。

「もちろんよ！　今度はティムが夢見桃のクッキーを献上して、女王さまの名前を入れられるクッキー型をもらえばいいのよ」

タキシードさんが、頭のかんむりをふりながらいった。

「いやはや、こんな子どもが名探偵とは！　本当にすごいもんですな。さあ、怪盗クローブを警察につれて行きましょう。ガレットさん」

ティムの父親のガレットさんは、はじめて真面目な顔になって、ミモザに右手を差し出した。

「ありがとう、小さな探偵さん。レシピノートを守ってくれて、本当に助かったよ。未来のお菓子職人に、ちゃんとした味を伝えなきゃいけないからな」

ミモザはティムの父親と握手をすると、ティムにむかっていった。

「ティム、優しいお父さんね。あなたをむりにお菓子職人にしようとはしないもの。わたしたちが落とし穴に落っこちると危険だからって、穴をうめもどしてくれるしね」

「そうなんだよ。そう考えると、おじいさんは、お菓子職人としては伝説級だったけど、人を育てるという点では、いい人だったかは、わからないね」

「人って、いろんな顔を持っているものね」

ミモザはリタさんを思いうかべて、つぎに、となりにいる背の高い黒髪の少年を見上げた。

(スターにしたってそうよ。口ではあれこれいうけど、本当は、たよりになるわ。いざというときは、わたしを守ってくれているんだもんね)

ティムは笑顔になって、ミモザの両手をにぎりしめるとブンブンとふり回した。

「ありがとう、事件を解決してくれて。おかげで、レシピノートはぶじだったし、それ以上に大切なものを取り返せたよ」

ミモザは照れて、ほっぺたを真っ赤にした。

「よかった。また謎があったら、わたしを呼んでね！」

スターはいつもと変わらない、生意気そうな表情でいう。

「ココランド一の探偵もお忘れなく」

ティムが明るい表情でいった。

「ミモザ。スター。ぼくもがんばるよ。本当においしいものを作っていれば、きっと、ガレット洋菓子店は、またお客さんであふれかえると思うんだ」

ミモザは人なつっこい顔の、こはく色の瞳をキラッと輝かせた。

「ガレット洋菓子店が、また夢見桃のクッキーを作ります、ということを、みんなに知らせる、いい考えを思いついたの！　ちょっと耳を貸して。あのね……」

ミモザはそっとティムに近づいて、耳打ちした。


それから十日後。

ミモザは朝からジャングルのような自宅の居間で、夏休みの宿題と格闘していた。

窓から外をながめていた黒ネコのチョコが、お気に入りのソファから、パッと身をおこした。

「見ろよ、ミモザ！　空は風船だらけだぜ！」

ミモザは宿題を放り出すと、外に飛び出した。

「わあ！　いっぱい飛んでる！」

赤、黄、みどり、青、オレンジ。色とりどりの風船が、空をうめつくしている。

ミモザは思いっきり飛びあがって、ミモザ色の風船を一つ、つかまえた。

「やったあ！」

風船のひもの先には、白い紙ぶくろが結びつけられている。

紙ぶくろの中には、ミモザの手のひらよりも大きい夢見桃のクッキーが、一枚入っていた。

クッキーを太陽にかざしてみると、夢見桃は黄金のかけらのように、キラキラと光った。

白い紙ぶくろには、ピンク色の文字で、

『ガレット洋菓子店　夢見桃のクッキーを販売いたします　今日から』

と書かれている。文字の下には、洋菓子店の場所を示す地図がついていた。

家から出てきたスターが、風船を見上げるなり、ふっと笑った。

「なるほど。あのときの思いつきは、これだったんだな」

「そうよ！　いい宣伝になるでしょう？」

「風船が風に飛ばされる前に、たくさんつかまえないと」

ココットおばあちゃんとチョコと茶トラのプリンも家から出てきて、みんなで風船を十五個つかまえた。

　ココットおばあちゃんは、ふっくらとしたほっぺたを上気させた。

「なんてなつかしいの。夢見桃のクッキーを、また食べることができるなんてね」

　ミモザはゆっくりと夢見桃のクッキーをかじってみた。

口の中に、夢見桃の蜜のふわっとした甘さがひろがる。

さくっとしたクッキー生地は、どこかほろ苦かった。

「うん、最高においしい！」

　ミモザは感動して、じーんと体中をふるわせた。

　ココットおばあちゃんは、優しい笑顔になった。

「夢見桃は、望めば見たい夢を見せてくれるの。ミモザ、あなたはどんな夢が見たい？」

「パパとママとみんなで暮らしている夢よ。もちろん、たくさん謎の依頼があると最高！　おばあちゃんは？」

　ココットおばあちゃんは、どこか、はかないほほえみをうかべた。

「わたしは久しぶりに、初恋の人の夢を見たいわ。夢の中だけでも……」

　その晩、ミモザは夢を見た。

パパとママとまたいっしょに暮らせるようになった夢だ。ココットおばあちゃんと、ネコのチヨコとプリンもいる。

なぜかその場にはスターもいて、ミモザと虹のパイの取りあいをしていたけれど。

ミモザの髪には小鳥の一家が住んでいるし、謎をといてほしいという依頼の手紙が、テーブルの上に、山のように積みあげられている。

(なんて幸せなんだろう)

ミモザは夢の中で、ふふふと笑った。

おわり

作家紹介

深海(ふかみ)ゆずは

東京都在住。いて座B型。『こちらパーティー編集部っ！① ひよっこ編集長とイジワル王子』で第２回角川つばさ文庫小説賞一般部門最高の賞である【大賞】を受賞しデビュー。趣味は旅行と食べ歩き。ごはんは必ずおかわりします。

あさばみゆき

横浜市在住。おひつじ座B型。第２回角川つばさ文庫小説賞一般部門【金賞】を受賞し、『いみちぇん！①　今日からひみつの二人組』でつばさ文庫デビュー。妖怪やおばけ、占いのはなしには興味しんしん。図書館と書店が大好き。

遠藤(えんどう)まり

東京都在住。おとめ座B型。第３回角川つばさ文庫小説賞一般部門【大賞】を受賞し、『超吉ガール①　不思議なおみくじの巻』で作家デビュー。夏生まれで秋が好き。秋はいつも読書と食欲の秋。好きな場所は神社と本屋さん。

月(つき)　ゆき

山口県出身。やぎ座A型。第３回角川つばさ文庫小説賞一般部門【金賞】を受賞し、『名探偵ミモザにおまかせ！① とびっきりの謎にご招待』でデビュー。趣味は洋裁。お気に入りのペットはハムスター。

角川つばさ文庫

榎木りか／絵
漫画家。現在、雑誌「シルフ」にて『3LDKの王様』を連載中。

市井あさ／絵
イラストレーター。担当作に「天才作家スズ」シリーズ（角川つばさ文庫）など。

ふじつか雪／絵
漫画家。AneLaLaで『トナリはなにを食う人ぞ』を連載中。

linaria／絵
イラストレーター。ゲームのキャラクターイラストなどで活躍。

角川つばさ文庫　Aん3-4

おもしろい話、集めました。Ⓖ

作　深海ゆずは・あさばみゆき・遠藤まり・月 ゆき
絵　榎木りか・市井あさ・ふじつか雪・linaria

2015年11月15日　初版発行
2016年 3 月 1 日　再版発行

発行者　郡司 聡
発　行　株式会社KADOKAWA
〒102-8177　東京都千代田区富士見 2-13-3
03-3238-8521（カスタマーサポート）
http://www.kadokawa.co.jp/
印　刷　大日本印刷株式会社
製　本　大日本印刷株式会社
装　丁　ムシカゴグラフィクス

ISBN978-4-04-631539-7　C8293　N.D.C.913　231p　18cm

読者のみなさまからのお便りをお待ちしています。下のあて先まで送ってね。
いただいたお便りは、編集部から著者へおわたしいたします。
〒102-8078　東京都千代田区富士見 1-8-19　角川つばさ文庫編集部